De la même auteure :

Recueils de poésie

    Aux éditions Lulu :
Des pas…sculpteurs de vie
Le parfum des mouvances
Eclaboussures
Les étoiles la nuit
Fondus enchaînés
Entre deux vents la vie
Errance poétique d'un vers inachevé
L'aube d'un émoi
Deviens qui tu es (Nietzsche)
A l'encre de brume

    Aux éditions BoD :
Quelques alexandrins pour rythmer la saison
Points de rencontre
A mon père…
Patchwork poétique
Poèmes aux quatre vents

Romans

    Aux éditions BoD :
Ma vie sur ton chemin
Si longtemps nous étions deux
L'étoile de Rachel
A l'ombre des herbes géantes

Sylvie TOUAM

Du côté des vivants

© Avril 2025 Sylvie Touam
ISBN : 978-2-3225-7411-7
Édition : BoD · Books on Demand, 31 avenue Saint-Rémy,
57600 Forbach, bod@bod.fr
Impression : Libri Plureos GmbH, Friedensallee 273,
22763 Hamburg (Allemagne)
Dépôt légal : Avril 2025

"Certains pensaient qu'il fallait être un peu fou."

Le professeur Christian CABROL (1925-2017)
Auteur de la première greffe cardiaque en Europe à
l'hôpital de la Pitié Salpêtrière à Paris le 27 avril 1968.

PREFACE

de Annie SENTIS, présidente de France ADOT 44

Cet ouvrage captivant, bouleversant, ô combien émouvant, met en exergue ce que représente pour des familles l'annonce du diagnostic d'un patient en attente de greffe, et pour d'autres, l'épreuve du deuil et de ce OUI au don d'organes.

Sylvie Touam a su approcher, avec délicatesse et clairvoyance, chacun dans l'intimité de sa vie quotidienne, où s'entremêlent à la fois des sentiments contradictoires de désespoir, de réconfort, d'inquiétude, de peur, de questions, de déception, d'attente, de culpabilité, et surtout ce fol espoir de survie…

C'est un véritable choc émotionnel pour chacune des familles et là s'ouvre le chemin du don et de la greffe qui les lieront à jamais.

Pour côtoyer de nombreuses familles au sein de mon engagement dans France ADOT (fédération des Associations pour le Don d'Organes et de Tissus humains) je retrouve là cette réalité.

Pour les familles endeuillées, ce sera sans doute, plus tard, un réconfort de savoir que quelque part, la vie de leurs proches continue…

Pour les patients greffés, ce sera, à jamais, une immense reconnaissance pour la générosité de cet inconnu.

Un poème que j'écris pour faire écho à ce roman :

Aube et Crépuscule

Un soir, la vie s'en est allée
Sa volonté, c'était donner
Il avait dit Oui pour continuer la vie.

Dans l'aube croissante du jour,
L'espérance est née
Le don, c'est pour aujourd'hui.
De cet ultime acte de générosité a rejailli la vie.
Tel un précieux cadeau déposé dans son écrin
De ce don, lumière sur le chemin
S'ouvre l'espoir d'heureux lendemains.

Alors chaque aube nouvelle deviendra
Un immense Merci à ceux qui ont dit OUI

Animés du même enthousiasme, continuons, avec la même conviction, à promouvoir le don d'organes, de tissus et de moelle osseuse, pour ainsi contribuer à sauver des vies.

Annie SENTIS

Annie SENTIS et quelques volontaires ont fondé l'ADOT 72 dans la Sarthe en 1988 à la suite d'un projet de la Jeune Chambre Economique du Mans. Elle en fut présidente durant onze années, de 2012 à 2023. Suite à son arrivée en Loire Atlantique en 2023, elle devint vice-présidente de France-ADOT 44, puis présidente en cette année 2025, après avoir créé l'antenne de Pornic où elle réside aujourd'hui.

PROLOGUE

- Et elle aura le cœur de quelqu'un d'autre dans son ventre ? demanda Lucas, son petit garçon âgé de cinq ans.
- Lucas, tu le sais bien, le cœur n'est pas dans le ventre, précisa Thomas, qui tentait d'expliquer à son fils pourquoi sa maman Laura, atteinte d'une maladie du muscle cardiaque, pouvait maintenant être appelée à tout moment pour une greffe de cœur. Il est dans la poitrine, dans une petite cage, qu'on appelle la cage thoracique.
- Et le docteur, il va ouvrir la cage ? insista l'enfant.
- En quelque sorte oui, répondit-il. Il va enlever le cœur malade de Maman et le remplacer par un cœur tout neuf qui lui permettra de vivre comme toutes les autres mamans.
- Mais alors, si on lui change son cœur, intervint Lucas, les larmes aux yeux, peut-être que Maman ne nous aimera plus ?

À chaque question, leur avait conseillé le professeur, il ne vous faudra répondre que la stricte vérité, sans promettre, sans camoufler, sans vous dérober. Thomas avait répété la scène des milliers de fois depuis son retour de l'hôpital, exerçant ses répliques sur des atmosphères plus ou moins nébuleuses. Mais voilà qu'il lui fallait rejoindre de manière inattendue ce regard vierge de Lucas, se dépouiller de préjugés, d'arguments. A l'image finalement de ce contraste insaisissable entre la profonde intimité de l'amour et sa vaste ignorance.

Comme Hugo, Laelynn, la famille de Gaspard, Gabriel et bien d'autres, Laura, Thomas et Lucas pénétraient ensemble dans l'univers vertigineux de la transplantation d'organes et de tissus, là où la vie, la mort, la générosité, la culpabilité, le devoir sont autant de mots ou d'alibis pour apprivoiser l'infinie incertitude de l'Ultime.

PARTIE 1

1

La pluie commençait à tomber doucement sur Paris. Ce n'était pas encore ce jour-ci qui allait démentir la persistance de cet hiver humide. Mais Laura n'y prêtait guère attention, trop affairée à tenir le planning qu'elle s'était fixé pour aujourd'hui. Son mari Thomas lui reprochait si souvent sa mauvaise gestion du temps qu'elle se faisait un point d'honneur à parvenir, durant tout ce mois de janvier, à être à l'heure à chaque sortie des classes pour récupérer Lucas. C'était sa bonne résolution. Thomas, lui, avait promis qu'il ferait plus de sport.

- Peut-être serait-il plus raisonnable d'arrêter nos faux-engagements puisque l'on sait pertinemment que l'on ne les tiendra pas ! s'en était-il pour autant amusé lui-même.

Et pourtant, aujourd'hui encore, Laura avait foi en son serment et à sa capacité à l'honorer. Lucas avait repris l'école lundi et elle avait bien vu dans les yeux de son fils combien il était heureux de voir sa maman venir le chercher elle-même. Sa joie devenait sa plus belle récompense. Il faut dire aussi que cela n'était pas arrivé très souvent durant cette deuxième année d'école maternelle, et Laura s'en était souvent culpabilisée. « Les autres mamans ont l'air si parfaites… » s'était-elle parfois tourmentée en imaginant déjà le goûter qui devait attendre leurs enfants sur la table à leur retour et idéalisant sans doute une oreille toujours disponible pour écouter leurs histoires. Mais il y avait le travail, et outre les obligations liées à celui-ci, son désir de s'accomplir à l'extérieur de la sphère familiale, dans un juste équilibre à trouver entre sa vie professionnelle de graphiste et celle de mère et d'épouse.

Il était 14 heures, elle accélérait le pas sur le trottoir humide car elle avait rendez-vous chez le docteur dans quinze minutes. Il était à espérer qu'il soit à l'heure puisqu'elle devait passer chez un client dans le 11ème afin d'y déposer la clé USB de ses dernières maquettes, puis ensuite récupérer la veste de Thomas au pressing. Tout cela en prévoyant bien sûr d'être à l'heure pour la sortie des classes !

Ce rendez-vous médical la contrariait davantage qu'il ne l'inquiétait véritablement. Elle l'avait pris en ligne trois jours plus tôt, faisant suite à un moment de panique lorsqu'elle s'était sentie soudainement épuisée, au point même d'en avoir perdu sa respiration. C'était en tout début de matinée au bureau, elle venait d'arriver après avoir déposé Lucas à l'école, elle n'avait pas compris ce qui se passait. Cela avait été brutal et complètement en déphasage avec ce qu'elle était en train de faire. Les quelques mètres qui la séparaient de la salle d'accueil où elle était jusqu'à la chaise de son bureau l'avaient littéralement achevée. Il lui avait fallu la matinée pour récupérer son souffle et elle s'était sentie encore à bout de forces en se confiant à Thomas le midi.

- Tu es probablement surmenée, ne t'inquiète pas, lui avait-il dit. Il y a eu les fêtes, peut-être avons-nous exagéré, ajouta-t-il sur un ton qui se voulait rassurant alors qu'il savait très bien lui-même qu'ils avaient été tout à fait raisonnables.

Mais Laura avait préféré prendre directement ce rendez-vous. Elle qui n'avait jamais eu d'antécédent médical majeur pressentait que l'incident était à prendre au sérieux. Cela faisait maintenant trois jours, et, parce qu'elle savait déjà qu'il lui faudrait avouer un rythme de travail et de vie trop excessif, elle poussa la porte du cabinet médical un peu irritée. Agacement qui monta en puissance au fil des dizaines de minutes d'attente qui s'égrenaient et lui laissaient présager ainsi qu'elle ne serait pas à l'heure à la sortie de l'école dès le troisième jour de la reprise.

Mais lorsqu'enfin le docteur la fit entrer, et démarra sa consultation après un long temps d'échange et de questions, elle discerna rapidement à sa manière de froncer les sourcils qu'il allait peut-être y avoir d'autres sources de préoccupation plus importantes qu'un seul chronomètre mental pour évaluer le temps qu'il restait entre la mauvaise nouvelle qui se profilait à toute vitesse et le moment où elle sortirait du pressing avec la veste de Thomas dans les mains pour filer vers l'école. Le stéthoscope était particulièrement froid, l'atmosphère du cabinet médical aussi. L'austérité de l'instant était perceptible. Laura essayait tant bien que mal de se distraire en fixant son attention sur les plantes vertes qui ornaient la pièce.

- Vous allez partir passer des examens en urgence à l'hôpital, lui dit-il finalement. Je n'aime pas ce que j'entends, ajouta-t-il d'un ton soucieux.
- Quels examens ? Vous entendez quoi ? le questionna Laura qui se sentit aussitôt dans la nécessité de se mettre sur la défensive comme pour mieux se protéger.
- L'auscultation cardiopulmonaire semble émettre au

stéthoscope des bruits pouvant évoquer une myocardiopathie, je ne vous cache pas que j'en suis inquiet. Aussi, vous allez aujourd'hui même être hospitalisée pour des tests diagnostiques : analyse sanguine, radiographie thoracique, échographie, électrocardiogramme etc.
- Vous pouvez me répéter ce mot : myo comment ?
- Myocardiopathie, mais il ne sert à rien pour le moment de s'y attarder puisque ce n'est qu'une éventualité et qu'il en existe de toute manière plusieurs types.
- Et cela se soigne évidemment ? rajouta Laura dans une sorte de petit rictus que le docteur connaissait trop bien lorsqu'il était en charge de répondre à des questions soudainement si angoissantes.
- La confirmation ou non du diagnostic entraînera le protocole médical. Il peut être médicamenteux, chirurgical... énonça-t-il.
- Et ? ajouta Laura.
- Et quoi ?
- Vous me dites « médicamenteux, chirurgical... » comme s'il y avait encore une option qui se laisse deviner mais que vous ne souhaitez pas me dire, lui répondit-elle avec une sorte d'assurance feinte dans la voix.
- Surtout, ce que je ne souhaite pas, c'est m'aventurer vers un diagnostic qui n'est justement pas confirmé. Je ne suis pas cardiologue et je n'ai aucune donnée entre les mains pour aller plus loin. Vous allez vous rendre cet après-midi même à l'hôpital de la Pitié Salpêtrière et vous adresserez au Professeur Nicolas ce courrier que je vous confie. Je vais

demander à ma secrétaire de le prévenir de votre arrivée. Vous pouvez vous y rendre accompagnée par vos propres moyens ou j'appelle une ambulance.
- Cet après-midi ? Mais ce n'est pas possible, il est déjà 15 heures, j'ai des activités, je dois aller chercher mon fils à l'école. Je ne peux pas me libérer comme cela, se défendit Laura qui sentit soudainement grandir en elle une anxiété proche de l'épouvante.
- Vous n'avez pas le choix Madame. Je ne vous cache pas que votre hospitalisation doit être qualifiée d'urgente.

Laura sortit sous le choc de cette consultation aussi inattendue que brutale. C'était un curieux mélange d'incrédulité, d'affolement, de déni, voire même d'arrogance. Ce docteur n'y connaissait probablement pas grand-chose, elle ne pouvait avoir une maladie grave au nom si barbare alors qu'elle n'avait jamais eu jusqu'à présent le moindre symptôme. Mais pour l'instant c'était, à cause de ce médecin, des difficultés très concrètes qu'il lui fallait gérer : qui allait porter la clé USB, qui allait chercher le costume, qui allait récupérer Lucas ?
- Thomas c'est moi, dit-elle sur le répondeur de son mari. Il faut que tu me rappelles dans l'urgence. Ça ne s'est pas passé comme prévu chez le docteur, rappelle-moi s'il te plaît.

La pluie qui tombait sur Paris diluait légèrement son maquillage, du moins est-ce ainsi que Laura expliquait ces traces de bleu sur les doigts en s'essuyant les yeux…

2

D'aussi loin qu'elle se souvenait, Laelynn n'avait jamais pu manger comme les autres enfants. La surveillance de l'alimentation et les médicaments faisaient partie d'elle-même, elle ne s'en était jamais fâchée. Après tout, certains de ses camarades d'école éprouvaient des difficultés à compter ou à écrire, ce qui n'était pas son cas. L'acceptation de sa différence avait toujours été une priorité pour Julie et Théo, ses parents, qui avaient appris son insuffisance rénale alors qu'elle faisait ses premiers pas. Et jusqu'à présent, à part des rendez-vous tous les trois mois à l'hôpital Necker, cette surveillance très stricte du diététiste, les médicaments, un net retard de croissance et une fatigue singulière à l'effort, sa vie n'en avait jamais été trop perturbée. Sauf que cette fois-ci, le professeur en charge de son suivi n'avait pas voulu laisser d'autre alternative à ses parents qu'une inscription urgente sur la liste des demandeurs de greffe du rein.

- On peut maintenant dire que l'insuffisance rénale de Laelynn est passée dans sa phase terminale, et vous saviez depuis le tout premier diagnostic qu'il en serait ainsi un jour ou l'autre, leur expliqua avec douceur Madame Martin, la doctoresse, qui avait la mauvaise tâche depuis vingt ans maintenant d'annoncer ce type de nouvelles aux parents de ses jeunes patients.

Malgré l'inquiétude qui ne les avait jamais lâchés, Julie et Théo étaient profondément reconnaissants de l'écoute et de l'humanité dont elle avait toujours fait preuve. Dès le départ elle avait su leur expliquer très clairement ce qu'était la maladie et ses différentes options thérapeutiques à plus ou moins long terme. Il y avait constamment eu un avenir dans ses mots, sans pour autant en bannir les difficultés.

- Ses reins ne savent désormais plus retirer les déchets et excès d'eau de son organisme. Comme je vous l'avais expliqué, nous pourrions avoir recours à la dialyse, c'est un procédé efficace mais seulement palliatif, et terriblement contraignant. Laelynn a six ans, tout laisse penser qu'après une transplantation elle retrouvera une qualité de vie très satisfaisante. Mais attention, continua-t-elle, je vous avais bien dit aussi que la greffe ne guérira pas sa maladie rénale. Elle devra continuer à prendre des médicaments et à se faire suivre.
- Et si on préfère attendre, hasarda Julie, Laelynn pourra essayer les dialyses ?
- Pourquoi attendre ? l'interrompit Théo, puisque nous n'avons pas le choix.

C'était là à l'image de ce qu'ils avaient toujours été. Après un temps commun de déni à l'annonce de la maladie, durant lequel ils avaient cherché à interroger plusieurs praticiens, Julie et Théo avaient eu chacun leur manière de mettre au monde leur résilience. Julie tentait encore de repousser les échéances des traitements, comme si celles-ci ne cessaient de valider la gravité de la situation. Tout autrement, Théo était continuellement dans l'urgence d'aller plus vite et plus loin afin d'en anticiper l'efficacité. Mais finalement, c'était du pareil au même, ils n'avaient jamais fini d'apprendre à accepter l'état de leur enfant. Laelynn était arrivée dans leur vie après des années d'attente, c'était un véritable cadeau du ciel. C'était Julie qui avait fait le choix de ce prénom qu'elle avait découvert en lisant la rubrique des naissances dans un journal quelques semaines après avoir appris qu'elle portait un enfant. Une petite Laelynn, qu'elle ne connaissait pas, venait de naître et lui soufflait son joli prénom pour son bébé, comme une chaîne humaine qui déjà commençait. Et lorsque Julie avait découvert sur internet qu'il signifiait « fleur d'espoir », elle sut là qu'elle tenait le prénom de son enfant. Heureusement Théo partagea le même enthousiasme. Tous deux professeurs des écoles dans le 15ème arrondissement de Paris, ils avaient l'habitude de rencontrer une grande variété de prénoms et ils avaient été l'un comme l'autre séduits par la singularité de celui-ci, qui pour autant ne leur semblait pas excentrique.

Cette jolie fleur d'espoir n'aurait jamais dû si bien porter son nom qu'en ce jour où la doctoresse venait leur parler de lui greffer un nouveau rein, mais c'était pourtant l'angoisse qui prédominait.

- Vous vous souvenez que nous avions anticipé cette transplantation en recherchant dans votre famille proche s'il existait un donneur volontaire potentiel, c'est-à-dire quelqu'un prêt à lui donner un rein et dont le groupe sanguin et le type de tissu seraient compatibles avec ceux de Laelynn, leur exposait-elle tranquillement car elle savait

combien il était important à ce stade de reformuler clairement les différentes étapes du parcours.
- Oui, aucun de nous n'a pu correspondre, poursuivit Théo dans une sorte de soupir qui témoignait de son regret encore présent.
- Nous en avions longuement parlé, et je sais trop toute la complexité et les enjeux psychologiques que représente la compatibilité ou non du don vivant. Encore une fois, soyez apaisés de cela, le rassura-t-elle L'inadéquation est ici purement rationnelle et elle n'a rien à voir avec la relation affective que vous entretenez avec votre fille.
- Si vous saviez combien l'on se sent coupables de ne pouvoir la sauver nous-mêmes alors que nous sommes ses parents, renchérit Julie. On lui devait cela !
- Non, n'en parlez pas comme d'une sorte de réparation ratée d'un état de santé dont vous n'êtes pas plus responsables. Je sais… mais vous n'y êtes pour rien. Votre incompatibilité n'est pas un alibi médical que vous vous seriez donné, elle est tout simplement organique. Si cela peut vous décharger, toutes les personnes qui sont passées ici dans ce bureau et qui ont vécu cette situation expriment cette même désolation. Mais nous devons l'accepter pour avancer. A partir de maintenant Laelynn va être inscrite sur liste d'attente. Il s'agit d'un système informatique centralisé qui nous informera lorsqu'un rein sain et compatible pourra être prélevé sur une personne décédée. La famille aura validé son accord présumé et vous ne connaîtrez pas l'identité de ce donneur. Le temps

d'attente est évidemment impossible à déterminer, tant il dépend de paramètres complexes. Mais vous devrez toujours être prêts.
- Ce rein doit être celui d'un enfant ? murmura Théo d'une voix tellement troublée par l'émotion de sentir que cette perspective de greffe qu'il avait toujours tenue à distance était en train de se matérialiser.
- Pas nécessairement. Puisque Laelynn pèse maintenant quinze kilos, elle peut largement accueillir le rein d'un adulte. Je sais que nous abordons là un sujet compliqué et que la charge émotionnelle est aujourd'hui extrême, ajouta-t-elle. Nous pourrions nous arrêter là pour le moment afin que vous puissiez d'abord prendre le temps de récupérer et d'en échanger ensemble. Sachez que vous pouvez me joindre dès que vous en éprouvez le besoin, je ferai tout pour répondre à vos questions. Et soyez certains que nous donnerons le maximum pour faciliter le quotidien de Laelynn, avant, pendant et après l'intervention. Ma secrétaire va vous proposer un rendez-vous en début de semaine prochaine, nous prendrons alors la décision de mettre ou non Laelynn en dialyse avant la transplantation. Je suis consciente qu'il s'agit là d'une période éprouvante qui commence pour vous et votre enfant, ajouta-t-elle en se levant pour signifier qu'il était temps maintenant pour Julie et Théo de sortir de ce lieu pour se retrouver là où ils pourraient librement se lâcher.

« Cela fait vingt ans, mais je ne m'y ferai jamais, se dit elle en voyant s'éloigner ce couple de jeunes abattu par ses propos. Que cette consultation a été difficile une fois de plus...Il était toujours si compliqué de parvenir à les accompagner en les éloignant d'abord de ce sentiment de culpabilité qui est commun à toutes les familles. Et pourtant... S'ils savaient quel beau cadeau de la vie leur petite fille va recevoir ! Ils en seraient eux-mêmes émerveillés !»

3

C'était le désir d'un triple hommage qui avait conduit Gabriel à se lancer dans l'organisation de cette course pour la vie, un relais de trois-cent-cinquante coureurs pour effectuer mille kilomètres en douze jours. Rallier Brest à Grenoble, se faire passeurs de vie. Il avait tracé le parcours sur la carte de France, la poinçonnant ainsi symboliquement en une grosse balafre. Telle une cicatrice, indélébile, celle qui traverse son thorax de gauche à droite depuis sa double transplantation pulmonaire cinq ans plus tôt. Son pneumologue était d'accord, il pourrait même courir sur un ou plusieurs tronçons.

- Je courrai pour moi, je courrai pour mon donneur, je courrai pour promouvoir le don d'organes, avait-il répondu au journaliste qui était chargé d'effectuer un reportage sur ce projet si ambitieux.
- Pourriez-vous expliquer en quelques mots votre parcours ? lui demanda celui-ci.

Hugo était un jeune homme de vingt-cinq ans qui avait été recruté récemment par une chaîne de télévision locale afin de couvrir les évènements de la région Bretagne. Fraîchement diplômé d'un BUT information-communication, il ne s'attendait pas vraiment à être choisi pour suivre cette manifestation sportive

durant les neuf mois qui séparaient ce premier reportage de la date prévue de la course.
- Bien que très rare avant l'âge de cinquante ans, je n'en avais que quarante-six lorsque l'on m'a diagnostiqué une fibrose pulmonaire, sous sa forme la plus grave. Et pourtant je vous assure que tout allait bien pour moi jusqu'à cette date. Je me croyais invincible, comme beaucoup, et le don d'organes je n'y avais jamais pensé. Alors imaginez quand on m'a dit six mois plus tard qu'il fallait me transplanter deux poumons de toute urgence tant la situation était exceptionnellement rapide et critique. Le ciel m'est tombé sur la tête.
- Vous savez d'où proviennent ces deux poumons ?
- Bien sûr que non, le don est anonyme et tenu secret. Déjà que ce n'est pas facile d'accepter l'idée que ce soient les poumons d'un autre qui me fassent respirer, alors si en plus je connaissais sa famille, qui elle est dans la peine, ce serait insupportable. Par contre, même sans les connaître, je leur voue une reconnaissance éternelle. S'ils n'avaient pas dit oui au moment où ils perdaient leur proche, je serais mort moi aussi. Vous vous rendez compte qu'ils m'ont sauvé la vie ? Il faut à tout prix dire aux gens qu'un don peut secourir plusieurs vies. Le don d'organes, c'est vraiment le plus beau cadeau que l'on puisse faire. C'est pour cela que je veux organiser cette course, pour cet hommage et pour sensibiliser la population.
- Et comment allez-vous trouver tous ces coureurs ?
- J'ai déjà commencé à me mettre en contact avec des

associations et des hôpitaux. Savez-vous qu'en ce début d'année, ce sont plus de vingt-et-un-mille malades en attente de greffe d'organes en France, dont onze-mille en liste urgente ? Malheureusement 22% décèdent chaque année, faute de dons. En 2023, cinq-mille-six-cents greffes ont pu être réalisées, dont à peine six-cents sur donneurs vivants. Les associations sont nombreuses et très actives car je crois que lorsque l'on a été greffé, ou que l'on a connu une personne concernée, on ne peut plus se taire. En tout cas pour moi, en parler c'est devenu vital. Il faut faire baisser à tout prix l'impact de la méconnaissance, qui conduit le plus souvent au refus. Et je sais que les greffés seront nombreux à répondre à mon appel pour réaliser ce défi.

S'il était certain que Gabriel se pensait déterminé et persuasif, sans doute était-il loin de se rendre compte de l'anxiété grandissante de Hugo à devoir couvrir ce type d'évènements. Celui-ci n'avait jamais trop pensé au don d'organes. Il n'avait que vingt-cinq ans et c'était évidemment un sujet sur lequel on ne s'attardait pas à son âge, et finalement, même ses parents n'en avaient jamais parlé. Cela ne les concernait pas, il était en bonne santé, sa mère et ses frères aussi. Et quelque part, l'opiniâtreté de Gabriel l'agaçait, car au lieu de s'en désintéresser comme il l'aurait voulu, il ne pouvait feindre l'émotion que cet homme communiquait malgré lui. Qu'allaient dire ses copains ? Jamais ils ne comprendraient qu'il consacre une partie de son travail à ce genre de sujet, somme toute assez effrayant. Il n'avait pas envie de parler de la mort, de ces corps que l'on abîme. S'il y avait une chose de sûre c'était bien qu'il ne voudrait surtout pas que l'on touche au sien pour lui prendre ses organes et le laisser en miettes, et encore moins faire subir cette mutilation aux gens qu'il aimait.

Hugo se dépêcha de rentrer ce soir-là pour mettre de la distance entre Gabriel et lui et pouvoir oublier tout cela. Il avait une soirée de prévue dans un bar avec ses amis et ça lui ferait du bien de se détendre. Il se savait tracassé et il n'aimait pas ce ressenti. Ils étaient cinq ce soir-là, c'étaient des copains du club de football dans lequel il jouait. Ils avaient l'habitude de se retrouver pour passer un bon moment, une sorte de rendez-vous tacite. Et si Hugo pouvait définir l'ambiance qui régnait entre eux, il dirait qu'il s'agissait principalement de rire ensemble, de tout et de rien, dans une sorte de banalité qui pour autant révélait un sentiment d'amitié indissoluble. Hugo s'y sentait protégé car la sphère était joyeuse et bienveillante. Légère surtout, et c'est de cela dont il avait besoin.

Si bien que lorsqu'il quitta de lui-même la bande de copains, il était déjà minuit passé. Il rentrait à pied jusqu'à la maison de sa mère, chez qui il habitait encore, en se remémorant tous les sujets qui étaient venus dans la conversation durant ces deux heures. C'était un exercice toujours compliqué de retracer la trame de ce genre de soirée tant les associations d'idées propres au bavardage spontané pouvaient faire passer d'un propos à l'autre avec ardeur et désinvolture. Une chose était certaine, c'est qu'ils s'étaient amusés, ils avaient été tous très loin de penser à la maladie, à la mort et à l'ablation des organes. Finalement Hugo fulminait contre l'idée de devoir couvrir cet évènement sportif d'aujourd'hui jusqu'à la course d'octobre, même s'il avait pourtant conscience qu'il s'agissait là d'une mission de grande ampleur pour un débutant, et qu'il aurait dû en être reconnaissant. Sans doute était-ce le volet sportif qui avait convaincu son supérieur qu'il était le correspondant idéal, mais lui, il trouvait la cause tellement maudite malgré toute la joie qui déferlait des propos de Gabriel. Et plus il voulait le chasser de son esprit et plus celui-ci y revenait en force. C'était à lui qu'il pensait toujours lorsqu'il entra dans sa chambre et il l'avait même encore en tête alors qu'il était allongé sur son lit avec l'ordinateur pour se divertir sur TikTok.

Et c'est ainsi qu'il se retrouva sans même s'en rendre compte sur Google à faire des recherches concernant le don d'organes, persuadé que sa seule motivation était celle d'y trouver des arguments dissuasifs afin de pouvoir chasser définitivement la cause de Gabriel de son esprit. Tant et si bien qu'à deux heures du matin il y était encore. Il découvrait la manière avec laquelle on prenait soin des corps en les opérant comme s'ils étaient vivants, pour être rendus ensuite à leur famille dans leur intégrité. Il apprenait qu'aucune trace des prélèvements n'était visible. Les corps étaient restaurés, embaumés, habillés puis restitués aux proches qui pouvaient procéder au rite funéraire qu'ils avaient choisis. Hugo se rendait compte que cet aspect physique n'avait finalement été qu'un alibi sur lequel il ne pouvait plus se justifier. Il parcourait surtout les grands titres de dizaines et de dizaines de témoignages et il comprit à cet instant que la couverture de l'évènement qui lui avait été demandée sur les neuf mois à venir risquait de modifier sa vie à jamais.

Les professeurs de l'IUT les avaient dès le départ avertis qu'en tant que journalistes il était ainsi des reportages dont on ne pouvait sortir indemnes. Sa rencontre avec Gabriel allait en faire partie...

4

Le professeur Nicolas était un homme d'une cinquantaine d'années, de taille moyenne, avec des cheveux noirs particulièrement épais qui contribuaient probablement à la vigueur de son visage. Ses yeux tout aussi noirs se faisaient l'écho de sa compassion, de sa concentration et de sa ténacité. C'était un homme qui mettait d'emblée en confiance et si cela n'avait été les circonstances de leur rencontre, Thomas et Laura se seraient probablement sentis d'emblée à l'aise avec lui. Mais l'un comme l'autre avaient tellement été traumatisés par leur arrivée dans son service huit jours plus tôt qu'ils ne pourraient jamais le regarder avec décontraction.

Car effectivement ce jour-là, Laura n'ayant pu joindre Thomas à la minute où elle était sortie de chez le docteur, s'était adressée à l'une de ses amies pour lui décharger la tourmente dans laquelle elle avait été propulsée. Celle-ci avait tout de suite saisi la confusion somme toute bien légitime dans laquelle elle s'était trouvée.

- Ne bouge pas, lui avait-elle dit. Tu es donc près du Parc Montsouris ? Tu y restes, j'arrive dans moins de dix minutes, il se trouve que je suis tout près d'ici. Et nous irons ensemble à la Pitié.

- Mais Françoise, ce n'est pas possible ! Je dois aller dans le 11ème déposer une clé contenant toutes mes maquettes, et surtout récupérer Lucas à la sortie de l'école ! Il faut aussi que j'aille au pressing !
- Laura calme-toi. J'arrive dans un instant. On va s'organiser et Thomas de toute manière ne tardera pas à avoir ton message. Ne bouge pas, j'arrive !

Et Thomas avait effectivement pu être là lorsque le professeur Nicolas était venu lui annoncer dans le couloir que son épouse avait fait un arrêt cardiaque, quinze minutes après son arrivée à l'hôpital.

- Il est plutôt rare qu'une myocardiopathie conduise à un arrêt cardiaque sans avoir auparavant provoqué des signes symptomatiques d'insuffisance. Mais ce n'est pas pour autant un cas exceptionnel, lui avait-il expliqué plus tranquillement le lendemain, lorsque Thomas était sorti de l'état d'hébétude dans lequel il s'était retrouvé. Quand le cœur de votre épouse s'est arrêté de battre, il a fallu plusieurs chocs électriques pour faire repartir les pulsations. Autant vous dire bien sûr que nous sommes passés tout près d'une catastrophe. Elle est vraiment arrivée à temps dans notre service. Il n'y a pas de lésions cérébrales, c'est la nouvelle essentielle.
- Mais pourquoi cela lui est arrivé à elle ? Quelle est la cause de cette maladie ? lui avait demandé Thomas.

Le professeur Nicolas aurait presque été capable d'écrire à l'avance le dialogue qui s'était déroulé à cet instant dans son bureau, car même si les réactions des uns et des autres pouvaient être différentes, l'annonce de la maladie de leur proche était quasiment toujours suivie de cette réaction défensive. Elle était ressentie comme une profonde injustice et ceci passait souvent par la recherche d'une cause. C'était un moment difficile pour le professeur Nicolas quand la colère des malades et des familles se dirigeait contre lui, même s'il savait qu'elle n'était en réalité qu'un mécanisme protecteur contre la maladie. Thomas ne lui avait toutefois pas semblé agressif et il avait eu l'air capable de gérer cette annonce de manière constructive.

- Il existe différentes sortes de myocardiopathies, nées de multiples causes que l'on parvient à déterminer ou non. Dans le cas de votre épouse, celle-ci n'est pas identifiée, ce qui malheureusement est un critère de gravité. Nous manquons encore aujourd'hui d'éléments pour entériner le plan d'action qui se profile. Votre épouse va rester en soins intensifs quelques jours. Nous allons poursuivre les investigations avec des examens dont le retour n'est pas forcément immédiat, et nous nous rencontrerons à nouveau dans une semaine, avec elle cette fois-ci, pour vous affirmer le diagnostic et vous présenter le traitement approprié.
- Le traitement ? avait aussitôt relevé Thomas. Vous voulez dire qu'il va probablement s'agir de la prise de médicaments ? A vie ?
- Un traitement est un terme médical, qui pour nous balaye les changements éventuels de mode de vie, les médicaments effectivement, mais aussi des dispositifs implantables, des interventions chirurgicales et même,

dans certains cas, la nécessité d'une transplantation cardiaque, lui avait répondu le professeur qui avait semblé voir en son interlocuteur un homme en demande d'un langage clair et honnête.

- Une transplantation cardiaque ? Vous voulez dire une greffe du cœur ?
- Oui, il arrive que cela soit nécessaire, même si ce n'est que dans une grande minorité des cas. Mais je ne vous cache pas que, dans le sien justement, la contraction du muscle cardiaque est si faible que je crains devoir étudier cette hypothèse. Du moins je préfère vous prévenir que cette option thérapeutique, certes extrême, n'est pas tout à fait à exclure.
- Mais Professeur, avait balbutié Thomas, ma femme ne peut pas se permettre d'être absente longtemps comme cela de son travail, elle s'est engagée auprès de plusieurs clients. Et à la maison, on a un fils, il s'appelle Lucas, il n'a que cinq ans. Vous pensez à cela ?
- Oui, nous y pensons tous, et soyez certains que nous ferons tout ce qui est en notre pouvoir pour lui rendre la vie la plus facile et surtout la plus heureuse qu'il soit.

« Peut-être avais-je surestimé la capacité de cet homme à trop en entendre aujourd'hui », s'était dit le professeur Nicolas en ayant laissé partir Thomas. Celui-ci avait semblé clairement en état de sidération, et le professeur avait l'habitude d'identifier cette phase de choc par l'introduction caractéristique de problèmes complètement anodins, comme pour contrer la réalité. Il n'était pas rare que des patients ou leurs proches se mettent à s'inquiéter de futilités domestiques. C'était un mécanisme de défense qu'il connaissait bien.

« En même temps, avait-il continué en son for intérieur, je ne peux croire aujourd'hui que nous ayons d'autres solutions. Le risque de mort subite serait beaucoup trop élevé avec une simple assistance cardiaque. Espérons surtout qu'elle puisse bénéficier d'un greffon à temps, elle est si jeune... »

C'était un Lucas grincheux que Thomas avait retrouvé en rentrant ce soir-là. Françoise lui avait donné son bain et lui avait promis qu'il verrait son papa avant d'aller se coucher. Elle lui avait juste expliqué que sa maman était chez le docteur, que c'était pour cela qu'elle n'avait pas pu aller le chercher à la sortie de l'école, et qu'elle lui avait téléphoné pour qu'elle s'occupe de lui. Thomas l'avait bien évidemment tenue au courant des complications qui avaient eu lieu quasiment dès qu'il les avait rejointes et qu'elle était partie à l'école. Mais à ce moment-là, elle ignorait alors le contenu du court entretien de Thomas avec le professeur.

- Maman m'avait promis, s'était apitoyé Lucas en boudant son père.
- Je sais Lucas, et elle voulait vraiment aller te chercher. Ce n'est pas de sa faute. Tu vas aller te coucher maintenant et on lui téléphonera demain.

Heureusement que la fatigue de l'enfant l'avait emporté sur son entêtement. Il n'avait pas insisté davantage et Thomas avait ainsi eu la soirée ensuite pour faire le récit de l'après-midi à Françoise et prévenir ses parents et beaux-parents que Laura était à l'hôpital. Il s'était fait le plus rassurant possible, sans évoquer ce qu'avait pu suggérer le professeur Nicolas. Il lui aurait été si difficile d'en parler alors que lui-même avait aujourd'hui encore tant de mal à l'intégrer. Le cœur d'une autre femme, voire d'un homme, dans la poitrine de Laura...

Mais c'était justement tout cela qui les amenait aujourd'hui, huit jours plus tard, à ce rendez-vous.

5

Comme lors du précédent entretien où elle avait dû leur annoncer la nécessité de passer maintenant à l'étape de la greffe, la doctoresse Madame Martin vivait la fin de cette deuxième rencontre avec Théo, Julie et Laelynn empreinte de cette même compassion. C'était pour elle dans ce sentiment que se jouait la différence justement entre une simple empathie et une véritable volonté de venir à leur secours pour soulager leur souffrance. Elle savait, pour en être si souvent le témoin, combien la menace sous-jacente de perdre son enfant et l'ébauche d'un interdit qui ressemblerait à souhaiter qu'une personne meure rapidement pour le sauver provoquaient une sorte de crise émotionnelle d'une violence parfois inouïe. Les personnes se découvraient un instinct de survie au détriment d'autrui. Elle se devait, non seulement de tout mettre en œuvre pour soigner l'enfant mais également de prendre soin des blessures psychologiques de l'ensemble de la famille. Tout en se préservant elle-même. C'était là un authentique défi qui, elle le savait trop bien, avait des répercussions inévitables sur la qualité de sa présence, et donc sur la relation qui pouvait s'installer. C'est aussi pour cela qu'elle avait essayé le plus possible de rester factuelle lors de ce face à face en présence de Laelynn.

- Peut-être que tu devras attendre longtemps cette greffe, on ne peut pas savoir à l'avance, s'était-elle appliquée à lui expliquer. En pédiatrie, précisa-t-elle en s'adressant à ses parents, la loi impose la priorité aux enfants pour la greffe rénale. L'attente est le plus souvent inférieure à un an. Mais le jour où tu auras ce rein Laelynn, tu pourras le garder une quinzaine d'années à peu près, tu ne referas d'autres opérations que quand tu seras grande.
- Je ne savais pas qu'un rein ne durait pas toute une vie, l'interrompit Julie.
- Parce que l'on parle là d'un greffon, puisqu'une personne en bonne santé, évidemment, n'a pas besoin d'un second rein. Mais ne t'inquiète pas Laelynn, ajouta-t-elle en se tournant à nouveau vers la petite fille, dix ans, quinze ans, c'est très long pour en profiter. Et puis ensuite on peut renouveler la greffe. Je connais des adultes en bonne santé qui en ont reçu trois, même quatre !

Julie et Théo regardaient avec énormément d'appréhension leur petite fille de six ans écouter attentivement ce que lui disait Madame Martin avec des mots d'enfants. Celle-ci avait cette capacité extraordinaire d'expliquer très simplement le diagnostic, puis la dialyse qui, finalement, allait bien devoir être mise en place en attendant l'opération. Et ce qu'était une greffe bien sûr.

- Dans les semaines qui viennent on va beaucoup se voir toi et moi car il faut que tu découvres les machines qui vont faire le travail de tes reins à leur place. Après, tu pourras peut-être le faire à la maison, car il y a aussi un autre moyen. On va apprendre tout cela petit à petit avec ton

Papa et ta Maman. Et si tes camarades à l'école te demandent pourquoi tu es souvent absente, tu leur diras que c'est à cause d'un traitement mais que bientôt tu seras opérée pour guérir. Tu as l'air un peu inquiète, tu veux dire pourquoi ?
- Non, ça va, je ne suis pas inquiète, lui répondit Laelynn avec une désinvolture qui ne sonnait pas forcément juste dans les oreilles de la doctoresse.

Madame Martin savait bien que plusieurs émotions étaient en jeu dans le regard et l'attitude de Laelynn. Il suffisait de voir comment la petite fille regardait ses parents pour comprendre qu'elle était finalement autant anxieuse envers eux qu'envers elle-même.
- Ton Papa et ta Maman ont peut-être l'air d'être tristes parce qu'ils ont de la peine que tu sois malade, mais ce n'est pas de ta faute et ils savent que tout va parfaitement se passer puisque nous prenons soin de toi. Alors il ne faut pas t'en faire, lui dit-elle. Maintenant nous allons tous les quatre ensemble visiter le centre de dialyse, et tu vas voir, Laelynn, tu vas rencontrer d'autres enfants qui sont dans la même situation que toi. Je crois que vous allez même devenir amis, ajouta-t-elle en se levant de son siège, les incitant ainsi à en faire de même.

Et alors qu'elle invita Julie et Laelynn à passer devant elle, elle retint discrètement Théo.
- Tout se passe bien. Ne vous mettez pas de pression car aucune annonce n'est parfaite. Vous aurez plusieurs fois la possibilité d'en discuter avec elle, et si vous sentez parfois

que vous ne savez plus trop comment gérer ses émotions, ou même les vôtres, alors n'hésitez pas à m'en parler. Mais votre petite fille a déjà compris beaucoup de choses. Il ne faut pas lui mentir pour minimiser les choses, mais la rassurer en lui disant que nous ferons tout pour que ça se passe au mieux.

Ce que ne disait jamais Madame Martin, c'était qu'elle était devenue elle-même néphrologue spécialisée dans la transplantation rénale parce que sa sœur cadette était décédée en 1990 faute d'avoir pu bénéficier d'une greffe. Son état de santé s'était nettement détérioré durant l'attente jusqu'à ne plus pouvoir y survivre. A cette date-là, le don vivant n'était pas encore autorisé en France. Il ne représentait d'ailleurs encore aujourd'hui qu'à peine 15% des greffes. Son décès, alors que Madame Martin était en classe de seconde, avait été déterminant pour son avenir. Elle se souvenait avec tellement de précision de cette période où, chaque jour, elle en était venue à espérer, non pas la mort d'une personne mais le don d'une famille dans la peine. Et malgré la tragédie de cette issue, elle n'avait cessé de s'émerveiller que l'âme humaine puisse porter en elle la capacité d'une telle générosité. Sa vocation naquit de cette humanité. Chaque fois qu'elle sauvait un enfant, elle se disait que cette vie restituée était en partie grâce à sa sœur, et cela lui réchauffait le cœur. Et d'une émotion beaucoup plus silencieuse, elle priait pour que l'attente de Laelynn ne soit pas vaine comme l'avait été celle de sa sœur.

Julie et Théo, de leur côté, se sentaient en quelque sorte réconfortés par la présence des familles vivant la même chose qu'eux dans le service de dialyse. Ces dernières, même s'il ne pouvait être question d'habitude, avaient quand même plus de recul qu'eux-mêmes quant à ce que représentait cette première visite. Et ils étaient passés par là, ils savaient. Le soutien dans le regard de chacun était perceptible. Les contraintes imposées leur avaient semblé déjà moins insurmontables et les petits dialysés semblaient surtout plutôt en forme. « On dirait presque une famille, une famille d'abîmés par la vie, mais pour autant tellement gaie. » se disait Théo pour s'en consoler.

« Trois séances par semaine d'une durée de trois ou quatre heures chacune.» avait dit la doctoresse. Il leur fallait penser à l'organisation de cette nouvelle existence. L'un des deux devait cesser son travail, cela leur semblait une évidence. Et ce d'autant plus que si Laelynn pouvait bénéficier ensuite de la dialyse à la maison, elle aurait besoin de soins médicaux. C'était sans parler du jour où un greffon se présenterait car ils n'osaient même pas encore évoquer cet instant.

- C'est impensable pour moi que Laelynn n'ait pas sa Maman à ses côtés, confia Julie à Théo ce soir-là. Excuse-moi mon Chéri, car je sais, bien sûr, que tu serais le Papa idéal.
- Ne t'inquiète pas. J'aimerais moi aussi être avec elle mais il est nécessaire que l'un de nous continue à travailler et je serai présent dès qu'il le faudra. Nous allons nous renseigner demain sur le complément familial lié à l'obligation d'une tierce personne. Et puis, en cas de besoin, nos parents nous aideraient, nous ne devons pas nous inquiéter de cela, c'est Laelynn qui compte.
- Oui, nos parents, il va falloir les prévenir de l'aggravation

de l'état de Laelynn, et de l'inscription à la transplantation. Je crois bien qu'eux aussi, même s'ils le savent depuis longtemps, ne s'attendent pas à ce que cette étape soit déjà arrivée, s'inquiéta Julie. Nous devons également informer l'école. Et tout notre entourage. J'ai besoin de prendre un peu de temps avant cela.

- Pourquoi faire ? lui dit Théo qui s'étonnait toujours de cette différence de réaction entre eux.
- Parce que je ne me sens pas capable de porter la détresse de mes parents aujourd'hui, lui avoua-t-elle. Et puis je n'ai pas envie non plus d'entendre les conseils des uns et des autres !
- Tout dépend de ce que nous leur dirons, et de la manière dont nous le dirons. Car n'oublie pas Julie, qu'au final, cette greffe, c'est une bonne nouvelle pour Laelynn ! C'est ce qui va lui permettre de vivre comme tout le monde, ajouta-t-il comme pour mieux s'en imprégner. Tu l'entends là ? Elle est dans sa chambre, affairée à bricoler sa maison de poupées, et il y a fort à parier qu'elle n'est pas en train d'y penser.

Peut-être était-ce là effectivement la quiétude de Laelynn. Elle ne vivait encore que dans le présent, et cette épreuve, qui allait organiser sa vie et son mental, avait peu d'emprise sans cette conscience du temps. C'était un art de vivre que ses parents avaient légitimement perdu.

6

- Cela pourrait même faire l'objet d'une émission spéciale, lui dit le responsable de la rédaction complètement bluffé par le travail de recherche effectué par Hugo.

Et celui-ci effectivement n'avait eu de cesse, depuis sa rencontre avec Gabriel, de s'informer bien au-delà de ce qui aurait juste contribué à présenter l'actualité qu'il devait couvrir. Il s'était rendu compte qu'il y avait là un trésor d'humanité qu'il ignorait complètement et qui le bouleversait. Peut-être finalement l'empreinte du plus haut don possible à l'échelle de l'homme et de la transmission de la vie.

Il lui avait déjà fallu casser toutes les fausses représentations qui polluaient son imaginaire, comme des semblants de savoirs enfouis dont il ignorait lui-même la provenance. Et cela commençait par la nécessité de différencier le don d'organes et de tissus du don du corps à la médecine. Tout était mélangé auparavant dans l'idée qu'il s'en faisait. Que les soins pratiqués soient les mêmes que pour une personne en vie, garantissant ainsi que le corps rendu à la famille demeure indemne, avait été pour Hugo la porte d'entrée d'une possible conversion de son regard. Son père était décédé il y avait cinq ans et le souvenir de sa dépouille élégante et de son visage paisible faisait partie de son processus de reconstruction.

Cette sorte de résistance ainsi brisée, il s'était senti beaucoup plus apaisé pour approfondir le sujet et ressentir autrement les véritables enjeux de cette chaîne altruiste, « ce joyau de solidarité humaine » avait-il lu quelque part.

- Toute personne est maintenant considérée comme donneuse potentielle, expliquait-il à son rédacteur curieux lui-même d'en savoir plus, un principe renforcé par la loi de 2017. C'est ce qu'on appelle le consentement présumé, à moins qu'elle n'ait fait connaître son désir de refus sur un Registre créé à cet effet ou auprès de ses proches. Ça explique pourquoi il revient aux médecins ou infirmiers de demander aux familles, en l'absence de notification sur le registre, de confirmer qu'elle n'était pas opposée. Et bien souvent, visiblement, les gens ne le savent pas car ils n'en ont jamais parlé.
- C'est sûr que ce n'est pas un sujet que l'on a l'habitude d'aborder en famille. Moi-même, je ne me suis jamais posé cette question, rajouta le journaliste. Alors l'avis des autres, n'en parlons pas.
- C'est visiblement le gros problème du don d'organes car les familles endeuillées ne sont pas toujours à l'écoute à ce moment là pour donner une réponse, et beaucoup s'imaginent, comme moi jusqu'à ces jours-ci, qu'on va leur prendre le corps de leur proche ou le mutiler. Ils vont donc se figurer que jamais leur défunt ne l'aurait accepté.
- C'est bizarre, lorsque mon frère est décédé de son cancer il y a deux ans, personne ne nous a parlé de cela de toutes

façons. Peut-être que c'est parce que nous étions en province ?
- Je l'ai appris également si vous voulez bien que je vous l'explique, lui dit timidement Hugo, tout impressionné de se retrouver à faire un véritable enseignement à son supérieur. Les conditions sont très nombreuses pour pouvoir devenir donneur post-mortem. Il y a l'état des organes et des tissus, tout ne peut pas être prélevé, mais c'est surtout le fait que les organes doivent encore être oxygénés alors que la personne est décédée. Ceci signifie que le cerveau ne répond plus mais que le cœur est entretenu à l'aide de machines. C'est ce qu'on appelle la mort encéphalique. Mais évidemment, il faut aller très vite. Très peu de défunts sont prélevables en réalité.
- Et tu sais comment ça se passe pour décider à qui on donne un cœur par exemple s'il y en a plusieurs qui sont en attente ? continua le rédacteur, décidément tout autant contaminé par l'intérêt du sujet.
- Gabriel, celui qui organise la course, m'a expliqué qu'il y avait une liste nationale d'attente où chaque patient est enregistré et hiérarchisé selon tout un tas de critères. Ce sont comme des cases à cocher par les médecins et qui déterminent ainsi un score permettant ce classement, qui tient compte de la compatibilité bien sûr. La distance géographique entre le donneur et les receveurs potentiels est enregistrée également car chaque minute est importante. Le meilleur appariement se calcule ensuite par algorithme informatique. Tout est règlementé, Gabriel

m'a dit qu'il ne fallait pas croire les gens qui laissaient penser qu'il y avait des priorités personnelles.

Au fil des minutes, ce n'était plus un jeune garçon tout juste documenté qui alignait ses connaissances mais deux êtres, aussi généreux qu'empathiques, qui partageaient la même émotion à se découvrir concernés par la plus grande cause de solidarité qui soit, sans jamais même s'en être posé la question auparavant.

- C'est ça le cœur du problème, lui avait répété Gabriel. Il ne faut pas cesser de répéter aux vivants qu'ils doivent informer leurs proches de leur intention si malheureusement le pire leur arrivait. Après tout, chacun est libre de penser ce qu'il veut, c'est sans jugement, mais il faut y avoir réfléchi et en avoir parlé.

Car évidemment, c'était bien du pire au départ qu'il s'agissait, et Hugo découvrait à quel point l'idée même de la mortalité était un sujet tabou. S'il allait au bout de ses propres aveux, il pourrait même reconnaître que malgré la sincérité de son implication, il y avait en lui comme une sorte d'angoisse à l'idée qu'y penser ainsi puisse lui porter malheur. Il songeait à ses amis du foot. Il aimerait leur en parler, mais il ignorait encore comment il allait s'y prendre s'il voulait éviter d'être pris pour une personne de mauvais augure. Et de retour chez lui, toujours fasciné par les témoignages qu'il lisait et qu'il continuait de chercher sur internet, il prenait peu à peu conscience également que s'il pouvait devenir donneur, rien ne l'exemptait non plus de l'épreuve de la maladie et de la nécessité d'une greffe. On pouvait tous un jour avoir besoin d'une transplantation.

La preuve, c'est que Gabriel lui-même n'aurait jamais cru

devoir un jour se retrouver dans cette situation. Il n'avait aucun problème de santé jusqu'à ce qu'on lui diagnostique cette fibrose pulmonaire suite à quelques épisodes consécutifs d'essoufflement aigu. La double greffe s'était très vite imposée comme étant sa seule chance de survie. Et il avait eu, dans son grand malheur, la chance incroyable de pouvoir être transplanté seulement trente-sept jours après son inscription sur la liste nationale d'attente. Jamais il n'oublierait ce matin-là, lorsqu'il avait reçu un appel de l'hôpital comme quoi deux poumons lui correspondaient idéalement du point de vue physiologique. Il était neuf heures quarante-cinq, il s'en souvenait toujours. Il n'avait même pas eu le temps, ou peut-être pas souhaité, prévenir sa mère et ses frères. L'opération avait débuté dans l'après-midi et elle avait duré neuf heures, lui avait dit le chirurgien par la suite.

- Je n'ai pas le souvenir d'avoir souffert vraiment, avait-il expliqué à Hugo lors de leur deuxième rencontre. Du moins, je ne veux pas le garder en mémoire si cela a été le cas. Par contre, je me rappelle très bien avoir été hanté dans les premiers temps par mon donneur. J'aurais aimé savoir qui il était, son âge, sa situation familiale pour m'en faire des images. Peut-être que c'est cela qui a été le plus difficile à vivre. Je pense d'ailleurs encore chaque jour à lui et à ses proches. Mais j'ai eu beaucoup de chance car tout s'est parfaitement passé, et recevoir deux poumons c'est un présent extraordinaire. Je dois en être à la hauteur et me comporter d'une manière irréprochable, avait-il ajouté avec une émotion encore perceptible.

Nul doute que l'organisation de cette course contribuait à

parachever sa gratitude même s'il ne le vivait pas comme le moyen de s'acquitter d'une dette. Il allait créer du lien, permettre à des gens de se rencontrer et surtout faire parler du don d'organes et de la nécessité pour chacun d'en discuter avec ses proches afin de faire baisser le nombre de refus encore si important. Et cela, il le savait, commençait par des petites intentions qui deviendraient grandes. Il avait bien perçu dans le regard de Hugo qu'il avait déjà touché ce jeune garçon, qui lui-même semblait avoir su interpeller son rédacteur en chef. C'était aussi modestement que cela qu'une chaîne commençait…

« Tu m'as tout donné, il me reste la chance de te délivrer ma mémoire » écrit-il ce soir-là. Lorsqu'il avait su que la loi française, tout en imposant l'anonymat du don d'organes, permettait au receveur d'écrire une lettre non signée à la famille du donneur et de la confier au coordinateur de prélèvement qui la lui transmettrait au cas où cette dernière viendrait s'en enquérir, Gabriel s'était appliqué à laisser régulièrement trace de ses émotions sur un carnet. Des bribes, comme des frissons sur l'indicible, qu'il déposerait peut-être un jour. Pour l'heure, il lui restait encore à lister les capacités d'hébergement autour de Lyon, la dernière ville susceptible d'accueillir la course sur son tronçon final.

7

Le professeur Nicolas ne tourna pas longtemps autour du pot. Et Thomas, qui était déjà prévenu que la situation médicale de son épouse pouvait conduire à envisager la greffe cardiaque, comprit vite que les différents examens qui avaient été effectués validaient malheureusement cette hypothèse.

- Un dispositif d'assistance va vous être posé dès demain matin, il vous protègera en attendant un greffon, ajouta ensuite le professeur. C'est une sorte de pompe qui va assurer votre activité cardiaque. Son implantation est un peu longue, il faut compter trois ou quatre heures et nous vous garderons ensuite durant cinq ou six jours avant que vous puissiez retourner à votre domicile.

Pour Laura qui devait engranger tant d'informations en si peu de temps, cette annonce semblait tout bonnement surnaturelle. Non seulement le professeur lui disait que sa maladie était grave mais en plus il lui parlait de recevoir le cœur d'une autre personne et voilà même maintenant qu'il évoquait la pause d'une sorte de cœur artificiel. Elle ne comprenait pas que Thomas ne se batte pas davantage pour la défendre, comme s'il était de mèche avec le corps hospitalier. Il semblait avoir oublié qui elle était vraiment, une jeune femme en bonne santé, graphiste en communication et maman de Lucas depuis cinq ans. C'était comme s'ils étaient là tous deux, à raconter une vie qui n'était pas la sienne. Et elle assistait, impuissante, à cette véritable désappropriation.

Le professeur voyait bien dans quel état de malaise il plongeait sa patiente. Il s'efforçait-il d'en dire le minimum pour ne pas perdre le contact, sans pour autant éluder les risques et les contraintes. Il se souvenait de son début de carrière où il avait tendance à noyer les malades et leurs proches sous un tas d'informations dont le contenu leur était inaccessible. C'était un peu comme s'il avait besoin alors de se justifier, voire même de les intimider pour garantir son autorité. Le plus difficile pour lui avait été d'apprendre à modérer l'information. Cela avait été un travail de longue haleine mais qui avait porté ses fruits. La relation qu'il entretenait maintenant avec ses patients était d'ordinaire limpide et ouverte. Après avoir clairement exposé la situation, il se préparait à répondre aux questions.

- Qu'allons-nous dire à notre fils de cinq ans ? lui demanda Laura.

Le professeur lui sourit, il était si fréquent que le premier obstacle tangible que ressentaient les malades était celui de devoir annoncer leur maladie. La peur de faire souffrir certainement, le besoin aussi sans doute de s'excentrer du mal. Mais en parler présupposait déjà de l'avoir comprise, et c'était là un grand pas à franchir vers son acceptation.

- Qu'aimeriez-vous qu'il sache ? lui répondit-il en lui retournant joliment la question.

C'est ainsi qu'il permit à Laura de s'entendre dire ce qu'elle ressentait, peut-être même de commencer à admettre sa légitime révolte, sa tristesse et son angoisse. Le professeur Nicolas veillait à reformuler précisément ses propos pour les clarifier et les préciser toujours plus. Et même si Laura n'avait eu qu'une seule question à lui poser, il apporta des réponses à beaucoup plus d'interrogations encore. Petit à petit, il l'avait vue retrouver sa place. Thomas était resté plus silencieux, il avait lui aussi son chemin à faire. Il y aurait dans leur vie un avant et un après, cela lui était déjà évident.

- Tu as bien entendu les conseils du professeur, lui rappela Laura une fois de retour dans la chambre. Et j'aimerais que tu l'expliques à Lucas dès demain soir, lorsque j'aurai été opérée.

L'annonce de la nécessité d'une transplantation ultérieure et le bouleversement émotionnel que cela représentait naturellement avaient probablement éclipsé en partie la gravité et le retentissement de cette intervention du lendemain. Bien qu'elle se fût passée comme il se devait, Laura comprit dès le réveil qu'elle n'était déjà plus la même. Elle était en rééducation cardiaque pour quelques jours comme l'avait prévenue le professeur, et découvrait que sa capacité physique et mentale était éprouvée. Elle qui avait jusque-là été une jeune femme épanouie et entreprenante se sentait maintenant sans vigueur et surtout dépendante d'un mécanisme étranger qu'il lui fallait apprivoiser. Il lui était difficile, au lendemain de l'opération, de se projeter dans les semaines à venir dans un quotidien qui allait devoir être complètement reformaté.

Et Thomas, s'il fut soulagé évidemment que l'intervention se soit correctement déroulée, vivait à sa manière le même chaos. Il était heureusement bien secondé par ses proches pour la réorganisation du quotidien avec son fils, ce qui lui permettait d'entrevoir plus sereinement le retour à domicile. Lucas avait plutôt positivement réagi. Après un échange plein de tendresse et de bienveillance avec son Papa, il s'était tout naturellement libéré de sa rancœur et de son imaginaire pour s'ajuster à cette nouvelle réalité.

- Il va maintenant falloir affronter l'attente de la greffe, dit Thomas en se confiant à sa mère, après avoir couché Lucas.
- Chaque chose en son temps. Pour l'instant, Laura se rétablit et doit s'approprier ce dispositif qui lui a été implanté. Ne pense pas déjà à la greffe car on ne sait pas combien de temps il va falloir attendre.
- C'est aussi cela qui me tourmente. Combien de temps ? Est-ce qu'on va l'appeler au moins ? Est-ce que ça va marcher ? Tu te rends compte Maman que nous en sommes à souhaiter secrètement la mort de quelqu'un le plus rapidement possible ?
- Non Thomas, ne dis pas les choses ainsi. Rappelle-toi les paroles que tu m'as rapportées toi-même du professeur Nicolas. Il vous a rassurés, ce sentiment de culpabilité est commun à toutes les personnes en attente de greffe. Tout le monde éprouve cela alors qu'il s'agit bien d'un don et d'une rage de vivre autant du côté du receveur que du donneur qui a exprimé son accord pour que la vie soit plus forte que sa mort si celle-ci devait malheureusement arriver. Ses organes sinon ne serviraient plus à rien. « Il faut accepter ce cadeau ! » vous a dit le professeur, c'est

toi qui me l'as répété, et c'est le mot juste. C'est un cadeau incroyable que vous fera cette personne, et je suis moi-même tellement étonnée de ne jamais y avoir pensé avant.
- Oui c'est vrai. Avec Papa et toi nous n'en avions jamais discuté. Aucun de nous n'aurait pu dire avant si l'autre était favorable ou non à ce que ses organes soient prélevés en cas de décès. Maintenant, vous le savez. Si cela devait m'arriver, je suis d'accord pour que l'on me prélève tout ce qui est possible, afin que ma mort serve au moins à quelque chose et sauve des gens comme Laura, lui dit-il avec émotion.
- Eh bien tu vois Thomas pourquoi il ne faut pas ressentir de culpabilité aujourd'hui. Laura recevra le cœur de quelqu'un qui a eu un jour les mêmes paroles que toi.
- Merci Maman de me dire cela. Espérons-le... J'ai tellement besoin de croire qu'une nouvelle vie va pouvoir s'offrir à elle...

Alors que l'échange entre Thomas et Joëlle sa Maman se prolongeait tard dans la nuit, Laura, dans sa chambre d'hôpital, ne parvenait pas à trouver le sommeil. La question du sens de la vie venait l'interpeller par le biais de son corps. Et percevoir autrement l'âme de son cœur, c'était comme éveiller l'idée d'une cohérence entre le corps et l'esprit. Alors comment pourrait-elle accueillir les battements de cœur d'un autre dans sa propre poitrine ?

8

Cela faisait maintenant quatre mois que Laelynn était dialysée, en attente d'une greffe. La doctoresse en charge d'établir le protocole avait préféré, au moins dans un premier temps, mettre en place une hémodialyse, c'est-à-dire un dispositif par lequel le sang était nettoyé en passant par un appareil extérieur. Et au fil des semaines, elle avait entériné ce procédé, excluant finalement l'hypothèse de l'autre type de dialyse qui aurait pu se faire à domicile. Aussi Laelynn avait-elle pris le rythme de consacrer trois après-midis par semaine à l'hôpital.

- Ma pauvre fille, avait dit sa grand-mère à sa maman Julie dès la fin des premières semaines, tu comptes continuer à rester tout ce temps-là avec elle ?
- Mais bien sûr, c'est pour cela que j'ai quitté mon école. Ainsi je peux m'investir en totalité près de Laelynn, et tu sais Maman, même si ça peut paraître étrange de le dire, Laelynn et moi nous y sommes faits des amis.
- Tu veux dire parmi le personnel de l'hôpital ?
- Ils sont effectivement merveilleux, mais je pensais davantage à ses camarades d'infortune et leurs familles. Contrairement à ce que tu peux imaginer, l'ambiance y est joyeuse. Ce ne sont que des enfants ou jeunes adolescents

et ils ont cette capacité incroyable d'oublier la maladie. Il y a dans le service un petit Florent qui a une dizaine d'années, il a déjà un iPhone et se charge d'apprendre à Laelynn tous les derniers tubes ! Sa maîtresse, à l'école, m'a même dit que Laelynn était la référence musicale de la classe, ajouta-t-elle en riant.

Julie et Théo s'étaient particulièrement investis dans l'acceptation de la maladie de leur fille, et les regards condescendants de l'entourage souvent les blessaient. Leurs parents respectifs n'y échappaient pas, et Julie particulièrement en était arrivée à redouter ces conversations avec sa propre mère. Celle-ci avait été légitimement très touchée par l'annonce de l'entrée en dialyse et la perspective d'une greffe. « Eux qui ont eu tant de mal à avoir cette petite fille » s'était-elle dit, comme s'il était encore nécessaire de trouver des raisons pour mieux s'en apitoyer. Elle avait commencé, dès lors, à devenir beaucoup trop présente au goût de Julie, voulant même l'accompagner aux dialyses. Heureusement, Théo avait su lui expliquer avec tact qu'il n'en était pas question.

- Il ne faut pas que vous ne pensiez qu'à la maladie en la voyant, lui avait-il dit en lui rapportant les propos de la doctoresse. Laelynn est une petite fille de six ans. Elle a d'autres repères mais on doit la considérer le plus possible comme une enfant de cet âge-là. C'est vrai qu'on aurait envie de la surprotéger nous aussi mais il faut éviter cet écueil, et veiller à ne pas l'infantiliser non plus. Nous tenons à ce que vous conserviez votre relation de grands-parents en restant à l'écart de la maladie.

C'était là tout un cheminement pour chacun. Et Julie, de son côté, appréciait les contacts qu'elle avait avec les autres parents du service. Ils avaient pris l'habitude de sortir de la pièce dès que l'examen initial et les branchements étaient effectués pour aller ensemble à la cafétéria. C'était un moment précieux d'échanges car ils vivaient tous la même chose et étaient à même de se comprendre mieux que quiconque. Ils pouvaient parler de la maladie sans souci de devoir masquer ou non leurs inquiétudes, les changements que cela impliquait dans leur quotidien et leurs difficultés parfois à trouver leurs repères à l'extérieur. La place de l'enfant dans la fratrie était souvent discutée également. Julie et Théo n'avaient pas cette problématique à gérer mais l'entrée de la maladie de Laelynn n'était pour autant pas anodine dans leur couple.

Julie appréciait beaucoup la maman d'une jeune adolescente qui s'appelait Maria. Maria avait quatorze ans et l'insuffisance rénale semblait quelque chose de particulièrement éprouvant à cet âge-là, où le dénominateur commun était justement de vouloir faire comme les autres. Il était fréquent, disait-elle, que Maria se rebelle contre le régime et veuille arrêter le traitement. Julie ne connaissait pas cela avec Laelynn. Au collège, c'était difficile en raison de ses absences, et malgré le soutien scolaire à l'hôpital et la mise en place d'outils de ses professeurs, Maria allait probablement devoir redoubler son année de troisième.

- C'est cela aussi la maladie, dit-elle à sa mère après lui avoir parlé de Maria. Mais si le traitement est contraignant, c'est lui qui permet à Laelynn d'être en meilleure forme qu'auparavant. Et puis, il y aura bien une greffe un jour…

A défaut de s'habituer, Julie et Théo avaient effectivement fait de cette attente un véritable mode de vie. Le téléphone portable, toujours allumé, ne les quittait jamais. Il représentait à la fois l'espoir et l'appréhension du jour qui devrait tout changer. Par précaution, Julie et Théo avaient même opté pour un opérateur différent l'un de l'autre au cas où l'un des deux ne couvrirait pas une zone géographique où ils se trouveraient. Ils ne pouvaient être privés de réseau. Ils n'osaient pourtant jamais trop s'éloigner de Paris pour pouvoir être prêts à tout instant à se présenter rapidement à l'hôpital, même si on leur avait dit qu'ils disposeraient de quelques heures. Madame Martin avait affirmé que les enfants étaient généralement prioritaires. Ils l'espéraient, tant ils ne pouvaient s'imaginer à long terme cette vie somme toute en marge du monde. Douze-mille personnes étaient actuellement en attente de l'appel libérateur, c'était presqu'un microcosme clandestin qui se mouvait dans un faux-semblant de vie sociale. Et seulement 30% d'entre eux étaient greffés dans la première année d'inscription.

Aujourd'hui l'une des coordinatrices du service avait informé Julie et les autres adultes présents qu'elle avait été contactée par le responsable d'une association en Bretagne qui organisait pour l'automne prochain un relais à travers la France afin de faire connaître le don d'organes.

- De Brest à Grenoble, il compte sur trois-cent-cinquante coureurs transplantés pour accomplir les mille kilomètres en douze jours, leur avait-elle rapporté. Du coup, il appelle les hôpitaux pour faire connaître son projet. Il doit m'envoyer des flyers par voie postale, je vous les mettrai à disposition dès que je les aurai.

Ce n'était évidemment pas pour Théo et Julie dans l'esprit de s'y rendre pour le moment mais ils avaient pris conscience peu à peu de l'existence de nombreuses associations et d'autant de projets de ce type qui offraient la possibilité de faire connaître et d'échanger sur le don d'organes. Ils en avaient déjà eux-mêmes beaucoup tiré profit en se rendant sur des blogs d'associations pour approfondir le sujet et recevoir des réponses concrètes à des questions qu'ils n'osaient pas toujours poser au corps médical. L'organisation de cette course dont parlait la coordinatrice faisait partie de ces manifestations qui permettaient aussi de toucher le grand public. De la manière dont elle en avait parlé, la personne à l'initiative de cette idée avait à cœur de gratifier tous les donneurs et leurs proches.

- Vous aurez ses coordonnées sur les flyers, avait-elle ajouté. Même si évidemment la course ne passe pas par Paris, je vous invite à vous y intéresser de près car le défi est osé et surtout plein d'espoir pour vous tous. Il présente en plus l'originalité d'être suivi durant ses préparatifs de manière hebdomadaire sur une chaîne de télévision locale de la TNT. Le programme est ainsi diffusé sur tout le territoire.
- Petit à petit, nous avons l'impression d'entrer dans une grande famille, avait répondu la maman de Florent.

Et c'était bien cette présence et ce soutien affectif, virtuel ou à l'hôpital, qui permettaient à Théo et Julie d'avancer avec confiance sur ce parcours qui les construisait autant qu'il les déstructurait. Tel un sport collectif, leur endurance se vivait en équipe. La réussite des autres était importante pour se souvenir du sens de leur attente. Chacun découvrait sa résilience grâce à celle de ses semblables. Ils apprenaient ainsi à redéfinir leurs certitudes et à revisiter leurs émotions qui trouvaient une raison d'être jusque-là inexplorée. Le témoignage et la détermination de cet homme faisaient sens à leur propre expérience.

9

Sans doute qu'au départ Gabriel n'avait pas dosé tout ce que présupposait l'organisation d'une telle course à travers la France. C'était là souvent le grand écart entre la générosité d'une intention et les contraintes légales qui en découlaient.

- Il ne s'agirait pas seulement de ta responsabilité civile si un accident se produisait, mais il en irait également de ta responsabilité pénale et disciplinaire, avait dit d'entrée de jeu le maire de sa commune.

Aussi Gabriel avait-il décidé de créer une association pour entrer plus facilement dans un cadre réglementaire et déposer une déclaration de manifestation auprès des autorités administratives. Cela ne le dispensait en rien de l'obligation de sécurité envers les participants mais lui donnait un statut juridique et peut-être davantage de crédibilité si tant est qu'il devait la démontrer. Il avait fallu nommer l'association. A l'unanimité « Courir pour en parler » était née, ce serait aussi le nom de la course.

Il avait été lui-même le premier surpris par le nombre de personnes, amis, voisins prêts à le rejoindre dans son initiative. L'association avait rapidement déposé ses statuts et était constituée d'une dizaine de membres secondés par des bénévoles actifs. Ils avaient pu ainsi s'organiser et les dossiers plus administratifs avaient été moins lourds à porter. André, le vice-président, avait proposé la grande remise du fond de son jardin pour leur servir de local. Chacun y apporta un peu de matériel, un vieux chauffage, des chaises de camping, une bouilloire, des verres et le lieu devint très vite celui de la joie. C'était pour la plupart la première expérience de participation à l'organisation d'un évènement sportif et solidaire, et s'il était encore à prouver qu'il y avait autant de bonheur à donner qu'à recevoir, il suffisait de pousser la porte du local pour s'en convaincre.

Le mesurage et le repérage virtuel du parcours constituaient peut-être la première étape la plus grisante et gratifiante des procédures car elle posait le projet de manière plus factuelle. Le timing de la course n'était pas forcément le plus aisé à anticiper, et il fallait penser à obtenir les autorisations, à définir où seraient placés les bénévoles locaux qu'il restait à recruter, et bien sûr à limiter la gêne aux riverains tout en étant suffisamment visibles pour sensibiliser la population. La course n'étant pas chronométrée, elle échappait malgré tout aux contraintes supplémentaires qu'auraient été celles d'une compétition.

Et alors que ce travail d'organisation avançait au fil des semaines, le sujet de la communication devenait de plus en plus essentiel. Gabriel avait à cœur d'en être le principal acteur en contactant lui-même par mail ou par téléphone les maires de chaque commune concernée, en plus des hôpitaux et des associations. Le travail était pour lui titanesque mais tellement riche et fructueux. Il voyait naître tout un tas de réseaux, via le web et le bouche à oreilles entre les coureurs eux-mêmes et des personnes sensibilisées au don d'organes. Ses propos, son expérience et son charisme séduisaient. Les témoignages et les confidences qu'il recevait en retour lui donnaient largement le change. Il se plaisait le soir à écrire sur son carnet tous ces mots d'anonymes qu'il découvrait, principalement sur son compte Facebook, en messages privés ou en commentaires publics.

- J'ai été greffé il y a deux ans maintenant, et depuis je respire ! (Lydie)
- S'il n'y avait pas eu ce donneur et l'accord de ses proches, je ne serais plus là pour élever mes enfants. (Marianne)
- Un grand Merci à celle ou celui qui a bien voulu laisser ses poumons à notre fille, elle ou il lui a sauvé la vie. (Jean-Yves)
- Je suis en attente d'un rein et vous me donnez la force d'y croire. (Gaëlle)
- Je n'oublierai jamais ce jour où j'ai senti mon cœur battre librement pour la première fois. Je remercie mon donneur chaque matin en me réveillant. (Yoann)
- C'est comme si je vivais pour deux, je me sens responsable de celui qui m'a donné son foie pour me guérir d'une hépatite virale chronique. (Claudine)
- Notre fils est mort dans un accident de parapente. On a dit oui pour ses organes, il était tellement généreux. On ne sait pas qui les a reçus mais on sait qu'il a ainsi sauvé six vies. Cela n'atténue pas notre chagrin de l'avoir perdu mais cela rend sa mort un peu moins inutile. (Vincent)

Gabriel ne se lassait pas d'éprouver de la joie en lisant tous ces mots. Il se sentait si proche de tous ces anonymes et de leur énergie positive. Ce besoin de croquer la vie était décidément leur point commun. La reconnaissance aussi et la nécessité de parler pour que le don devienne pour tous une évidence. Il était heureux de sa rencontre avec Hugo, le jeune journaliste chargé de suivre la progression des préparatifs, car c'était l'occasion de transmettre aux jeunes et bien-portants tout un enseignement. Et Hugo l'écoutait toujours avec beaucoup d'attention, au-delà d'un seul devoir professionnel.

Outre cette organisation, Gabriel savait de même que sa participation sur quelques kilomètres de la course allait être un véritable challenge pour lui. Il n'était pas de base un grand sportif. Avant d'avoir sa fibrose il aurait pu se qualifier lui-même de bon vivant, un peu fêtard même. Il était toujours resté célibataire. Peut-être n'avait-il pas rencontré la bonne personne mais il était resté persuadé que c'était sa définition intime de la liberté. La manière dont il analysait la vie de ses copains en couple ne lui avait jamais fait convoiter l'idée de partager la sienne avec quelqu'un. Il avait parfois eu l'impression que sa mère en avait souffert, comme si elle associait son célibat à l'idée de ne pas avoir de petits-enfants de lui.

- N'attends pas que je sois trop vieille pour me présenter une femme et me donner des petits-enfants, lui avait-elle dit un jour sur un ton mi-figue mi-raisin. Je ne pourrai plus m'en occuper.

Finalement, l'absence d'enfants avait sûrement été une inquiétude de moins lorsqu'il lui avait annoncé sa maladie, s'était-il dit par la suite, tellement il avait souffert de devoir, bien malgré lui, donner autant de soucis à ceux qu'il aimait. Les copains, pareillement, avaient été choqués et certains avaient eu du mal à exprimer leurs émotions parfois violentes. L'annonce de l'attente d'une greffe les avait renvoyés à leur propre corps, à la crainte de devoir un jour affronter eux aussi la maladie et à la question tellement délicate du don d'organes. Ils étaient tous passés brutalement d'une certaine insouciance à la fragilité de l'instant et chacun vivait mal le désarroi de l'autre. Mais aujourd'hui Gabriel savait qu'il n'était pas le seul à être sorti de cette épreuve fondamentalement différent. Et même si, physiquement, il y avait encore pour lui quelques contraintes, il vivait son histoire comme un véritable chemin de croissance. Et ce n'étaient pas ces rencontres dans l'association et ces instants magnifiques de partage qui allaient lui suggérer le contraire.

Six kilomètres, c'était la distance qu'il s'était donnée à parcourir avant de passer le relais. Son pneumologue lui avait dit assez rapidement d'ailleurs que la marche, le vélo et la course étaient possibles. Seuls les sports de combat lui avaient été d'emblée interdits pour ne pas prendre le risque d'une blessure dans les poumons. Mais Gabriel, qui déjà n'était pas très sportif, avait peiné à récupérer un rythme de course suffisant. Il y était donc allé très progressivement, et acceptait de reconnaître qu'il n'avait pas non plus donné le maximum pour y parvenir. Mais cette fois-ci, il ne se donnerait aucun alibi. Il allait courir, c'était sa manière de remercier celui ou celle qui lui avait laissé ses poumons.

10

    Hugo était content ce matin-là car il devait partir en reportage sur Saint Brieuc afin de couvrir l'ouverture d'une jeune entreprise. L'audiovisuel n'était pas au départ son genre journalistique de prédilection. Son parcours universitaire lui avait permis de se familiariser avec les différentes contraintes de chaque type de support, et la presse écrite avait toujours semblé lui correspondre davantage. Mais comme dans tous les domaines de la vie, l'idéal n'a pas échappé au principe de réalité. Et après avoir scrupuleusement envoyé son CV à toutes les rédactions de plus ou moins grandes tailles de la partie Nord-Ouest de la France et s'être inscrit sur les plateformes de recrutement que le web lui permettait, c'était finalement dans un cadre complètement informel qu'il était entré en contact avec l'ami d'un rédacteur de télévision locale. Tout s'était ensuite agencé jusqu'à son embauche sur la chaîne quelques semaines après.

    Et cela avait été finalement une réelle découverte pour Hugo qui croyait, à tort, en connaître les ficelles sur les bases seulement de sa formation initiale. La raison d'être de la télévision locale était particulière. Celle qu'il avait peut-être considérée comme étant une branche inférieure de l'audio-visuel se révélait jouer un rôle majeur dans l'information locale et l'actualité économique, politique, sociale, culturelle et touristique de la région. Hugo n'avait que vingt-cinq ans et cette première expérience professionnelle lui permettait déjà de revisiter ses premières représentations.

Il allait aujourd'hui rencontrer Monsieur Davinaud, un homme d'une quarantaine d'années qui montait son entreprise de taxi-ambulances. Celui-ci s'était adressé à la chaîne, comptant sur elle pour se faire connaître près de la population locale, accroître sa visibilité et sa renommée, afin bien évidemment de développer sa clientèle. Hugo réfléchissait aux outils les mieux adaptés aux téléspectateurs spécifiques qu'il visait par ce reportage lorsqu'il reçut un coup de téléphone de son rédacteur en chef.

- Je ne t'ai pas précisé que Monsieur Davinaud était aussi l'époux d'une infirmière de l'hôpital de Saint Brieuc. Peut-être devrais-tu faire le parallèle entre son entreprise et l'hôpital, un angle de vue qui pourrait contribuer à l'esprit de corps du public avec le contenu diffusé.

C'était tout cela le travail de Hugo. Créer un lien de proximité et de confiance avec la population. Et il se découvrait heureux de cette mission. Et réaliser tout cela en préparant mentalement le lancement du sujet le ramena à sa conversation si inattendue de la veille avec deux de ses amis du club de foot.

- On atteint cette année le quart de notre siècle, avait dit Dimitri sur le ton léger de celui qui ne comptait pas pour autant entrer dans une conversation aux enjeux trop existentiels. Regardons-nous tous les trois. On commence notre vie professionnelle, Jonathan et moi on a quitté la maison des parents, toi Hugo tu ne vas pas tarder à

envisager de quitter celle de ta mère. On va prendre de plus en plus de responsabilités, pour un peu on va rencontrer une fille et vous verrez que bientôt on n'aura même plus l'âge de traîner dans les bars.
- Tu ne crois pas que tu nous fais là le blues des vingt-cinq ans ? s'était amusé Jonathan.
- C'est surtout que je n'ai pas envie de quitter tout cela. Etre indépendant financièrement c'est bien, mais à condition de rester libre pour le reste aussi, de continuer à jouer au foot et à nous retrouver ici.
- Ça n'empêche pas, avait ajouté Hugo. Mais je suis d'accord avec toi. Pour ma part, je me rends compte qu'avoir commencé à travailler c'est déjà me trouver confronté à des réalités de la vie que j'ignorais. J'ai fait une rencontre assez incroyable en me rendant sur le terrain pour un reportage.

Et Hugo s'était surpris lui-même à amorcer cette conversation. Il s'était mis à leur parler de Gabriel, de son histoire et du don d'organes. Habitué qu'il était à ne partager avec ses copains que des moments d'insouciance, il ne s'était pas attendu au bon accueil que ceux-ci lui avaient réservé. Et même bien au-delà puisqu'il avait découvert que Dimitri, l'éternel bon vivant, se rendait déjà tous les deux mois aux collectes du don du sang de la ville.
- En plus des collectes, il m'arrive d'aller au don de plasma à l'hôpital, mais celui-ci, à cause des machines qu'il nécessite, ne peut pas être effectué ailleurs. C'est donc un peu plus contraignant, mais ça vaut le coup. Et les

collectes, ce n'est rien du tout et ça sauve des vies. En règle générale, j'y vais avec mon père. On y est une heure à peu près, car il y a une collation pour compenser la fatigue que cela pourrait occasionner. On connait bien les équipes, c'est très sympa, et c'est important pour moi de faire partie de cette grande chaîne de solidarité. On le ressent dans la salle. Et je pense aux gens qui ont besoin de traitement, à ceux qui ont eu un accident ou des femmes qui accouchent. C'est vital pour ces personnes que nous, qui sommes en bonne santé, fassions l'effort de ce don tellement simple à effectuer.

Hugo et Jonathan, qui croyaient pourtant tellement connaître leur copain, avaient découvert soudainement de lui une face cachée qu'ils ignoraient. Ils ne l'avaient jamais vu et entendu si démonstratif et éloquent qu'à cet instant.

- Mon grand-père a eu un très grave accident lorsque j'avais une quinzaine d'années, avait-il continué. Il donnait son sang lui aussi, et ce jour-là, il a reçu six poches. Le sang d'inconnus lui a sauvé la vie, il serait mort sans cela, et même s'il était sensibilisé en tant que donneur, il n'avait jamais imaginé qu'il en aurait besoin un jour. Je me suis dit à ce moment-là que, dès que j'aurai atteint mes dix-huit ans, je donnerai mon sang.
- Je me fais la même réflexion envers toi Dimitri qu'envers Gabriel, avait répondu Hugo. Les personnes qui sont les meilleurs relais c'est vous. Quand je pense que c'est moi qui dois couvrir cette course pour le don d'organes alors que je n'ai jamais pensé ni à cela, ni même à offrir mon

sang comme toi. Et je vais encore t'avouer une chose, je pensais que vous n'étiez carrément pas prêts à en parler…
- Pour ma part, c'est pourtant d'une telle évidence tout cela, avait dit Dimitri. Mais tu as raison Hugo, il faut répéter à tout va qu'il faut donner. Plein de gens le feraient si on prenait le temps de les sensibiliser.
- Merci les gars, était intervenu Jonathan resté jusque-là silencieux. Moi le premier je n'y avais jamais pensé. A vingt-cinq ans, la maladie et la mort, avouez que c'est quand même tabou.
- Sauf que là, attention, on parle de la guérison et de la vie, avait dit Dimitri en souriant.

Il était temps pour Hugo de revenir à l'instant présent. Il entrait dans la cour de l'entreprise de Monsieur Davinaud. Il allait pénétrer dans une autre histoire. Quoique… avec ses taxis, ses ambulances et le métier de son épouse, il s'agissait quelque part d'un monde en cohésion où la fraternité était le maître-mot. Le jeune entrepreneur lui sourit, lui raconta son parcours. Il avait créé son entreprise suite à la maladie de son père qui lui avait fait prendre conscience de la désertification médicale et du manque de transports sanitaires.

- Ce genre d'évènements qui impacte profondément une existence, avait-il ajouté sur le ton d'une douce confidence.

C'est ainsi que Hugo approfondissait son aptitude à rencontrer les autres. Depuis sa toute première rencontre avec Gabriel, c'était comme si tous les moments s'orchestraient pour lui faire découvrir la dimension la plus noble de l'homme. Lui qui avait, il y a quelques semaines seulement, eu tant de mal à accepter de s'investir et de se laisser interpeller par la cause de la course, il avait le sentiment de vivre là une véritable conversion.

11

Les cinq ou six jours d'hospitalisation de suite évoqués par le professeur après l'intervention ont finalement duré le double pour Laura. Une infection au niveau de l'entrée du fil a largement compliqué la situation, et il a fallu attendre qu'elle se résorbe pour envisager la sortie.

Peut-être, sans même s'en rendre compte, ce délai était aussi celui qui avait permis à Thomas d'organiser le retour dans de meilleures conditions. Car les conséquences matérielles étaient évidemment nombreuses, sans parler de Lucas qu'il avait fallu préparer à retrouver une maman plus tout à fait comme avant et un quotidien complètement chamboulé. Le jour si proche où Laura s'était engagée à le récupérer tous les soirs à la sortie de l'école lui avait soudainement semblé tellement lointain, et cette conception du temps permettait de mesurer l'ampleur du bouleversement de leur vie.

Il était clair que pour Lucas, même s'il semblait avoir entendu la gravité et les conséquences de la maladie, tout ce qui pouvait changer dans son quotidien était ce qui le questionnait le plus. Thomas, qui s'était appliqué à mettre des mots sur la réalité, sans chercher à l'esquiver, avait parfois l'impression que son fils craignait malgré tout d'en parler vraiment, comme si cela allait dégrader encore plus l'état de fait. Il était fréquent qu'il use de moyens détournés pour obtenir réponse à des questions que son papa décryptait malgré lui.

- Qui viendra me chercher à l'école quand maman sera rentrée ? avait ainsi demandé Lucas.
- Maman pourra peut-être, mais pas dans les premiers temps, avait répondu Thomas.
- Les copains, ils m'ont dit que maman pourrait mourir le temps de changer son cœur, ajouta-t-il tristement.
- Je t'ai déjà dit Lucas. Les docteurs, ils savent comment faire et ils espèrent beaucoup que maman va guérir avec un nouveau cœur. Et puis surtout, tes copains ne sauront jamais les choses avant toi, alors il ne faut pas trop les écouter si tu n'aimes pas ce qu'ils disent. Je te dirai toujours les nouvelles en premier.

Evidemment que ses questions, qu'elles soient formulées clairement ou suggérées comme celles-ci, étaient un véritable coup de poignard pour Thomas. Il avait fait appel aussi à Françoise, l'amie si fidèle de Laura, pour en discuter avec Lucas qui était également son filleul. C'était d'ailleurs elle qui avait conseillé à Thomas d'aller rencontrer la maîtresse de Lucas pour l'informer.

- Elle sera plus à l'écoute et comprendra mieux si l'attitude de Lucas changeait, avait-elle dit.

Lucie, son institutrice, était même allée plus loin que cela en proposant à Thomas d'aborder le sujet en classe avec tous les élèves. Elle possédait chez elle, lui avait-elle dit, un livre pour enfants écrit par un docteur canadien, le docteur William Wall. Il s'agissait de l'histoire d'une famille de fourmis dont le papa avait besoin d'une greffe de cœur. C'était une histoire légère et optimiste qui posait pour autant des mots sur la gravité des choses. Lorsqu'elle avait demandé l'accord de Thomas, celui-ci bien sûr avait approuvé, touché au-delà de ce qu'il avait laissé paraître. Lucie, de son côté, n'avait pas non plus précisé pourquoi elle possédait ce livre dans sa bibliothèque familiale. C'était toute la pudeur de leur silence qui avait permis de signifier la confiance et la sérénité là où, impulsivement, on pressentait l'appréhension et l'agitation.

Et c'était dans ce même enchevêtrement d'humeurs que Laura avait préparé son retour, à la fois apaisée de retrouver son cocon familial et évidemment terriblement tourmentée par la suite des évènements et tout ce que ceux-ci portaient en eux de vertigineux. Sa vie avait été si brutalement mise en pause que s'imaginer savoir faire face à cette attente qui commençait lui semblait invraisemblable.

Thomas et Lucas avaient tout fait pourtant pour que sa première soirée à l'appartement soit une fête. Au départ, Thomas avait pensé inviter ses parents et beaux-parents ainsi que quelques amis et collègues. Mais il avait très vite réalisé que ce serait trop pour Laura, tant au niveau émotionnel que physique. Aussi, ils s'étaient contentés tous deux de décorer la maison et de préparer un petit repas qui convenait aux nouvelles contraintes diététiques. Ils avaient eu tellement raison. La résistance physique et morale de Laura avait été mise à rude épreuve. Il fallait déjà qu'elle s'habitue à cette assistance cardiaque, à cette cicatrice sur la poitrine qui présageait déjà d'une autre à venir beaucoup plus importante encore et à son incapacité, tout simplement, à serrer son fils bien fort dans ses bras, sans que celui-ci ne lui fasse courir le risque d'endommager l'appareillage. Pour cette soirée de retrouvailles, elle s'était enroulée dans son plaid, comme pour mieux se protéger du regard extérieur, et tous trois avaient écouté de la musique.

Durant les jours et les semaines qui avaient suivi, Laura avait malgré tout été positivement étonnée de la progression de ses capacités grâce à l'assistance. Elle savait que celle-ci lui permettait de pallier à son insuffisance d'une manière plutôt satisfaisante, si bien qu'elle en acceptait les contraintes. Accompagnée de Thomas, de Françoise ou de sa mère, elle parvenait même à se promener dans un petit square à cent mètres du hall de l'immeuble. Faire un peu d'exercice faisait d'ailleurs partie des consignes du corps médical. Si elle n'était, par contre, pas encore allée à la sortie des classes, c'était autant pour éviter les bavardages que par invalidité.

Thomas et Lucas avaient eux aussi, chacun à leur manière, trouvé leur rôle et leur place dans ce quotidien recréé tous les trois. Même si l'épreuve l'avait très certainement déstabilisé, Lucas avait repris son existence d'enfant sans que les responsabilités s'en soient trouvé inversées. Grâce à Lucie, sa maîtresse d'école, son attitude d'élève n'en avait pas non plus été chamboulée. Il y avait tout autour de lui cet environnement rassurant, paisible et conciliant qui contribuait certainement à alléger ce qu'il n'exprimait pas verbalement. Thomas, quant à lui, était retourné au travail, ce qui participait à ce semblant de normalité qu'ils cherchaient tous les trois à mettre en œuvre.

C'était finalement autour du tissu social que la situation était la plus compliquée à vivre. Laura comprit vite qu'en ne sortant plus guère de chez elle, le lien se révélait beaucoup plus fragile qu'elle ne l'aurait cru. La solitude devint rapidement son anathème. Elle eut du mal à accepter que la plupart de ses collègues et bien des connaissances s'éloignaient rapidement. C'était comme si elle n'avait plus rien à leur apporter. Et parallèlement, les personnes qui avaient souhaité garder contact se montraient si souvent maladroites. Laura ne leur en voulait pas tant elle avait conscience qu'il n'aurait guère pu en être autrement, sa vie était devenue tellement différente de la leur. Alors qu'eux, comme elle l'avait fait auparavant, avançaient tranquillement vers leur avenir, elle, elle était entrée en prise immédiate avec la valeur de l'existence et l'hôpital en toile de fond.

Car Laura était en attente. C'était devenu le maître-mot. Laura, Thomas et Lucas étaient de faction. Ils guettaient l'appel téléphonique salutaire. Ils savaient qu'il faudrait partir alors d'un claquement de doigts. Chaque fois que le portable sonnait, le silence s'installait dans l'appartement et l'angoisse était perceptible. Et découvrant le nom qui s'affichait, ils découvraient dans un inextricable mélange de soulagement et de déception qu'il ne s'agissait pas du professeur Nicolas.

Dans le même temps, quelque part dans un autre appartement parisien, Laelynn, Théo et Julie traversaient cette même épreuve. Une maman pour un cœur, une enfant pour un rein. Ils étaient ainsi, en France, au premier jour de cette année, vingt-et-un-mille-huit-cent-soixante-six inscrits sur les listes d'attente. Gabriel le savait, la course était aussi pour eux. Hugo le découvrait.

C'était là un fil invisible qui les reliait à eux-mêmes, aux autres, à la vie.

PARTIE 2

1

Gaspard était visiblement passé par la maison depuis son dernier cours de la journée à la faculté. Sa mère le voyait au fait qu'il ait déposé le journal et le pain sur la table. Ses chaussures de sport n'étaient plus là, pas plus que sa ceinture de course. Elle se dit donc qu'il était probablement parti courir, s'étonnant pour autant qu'il n'ait pas laissé de mot pour l'en avertir. Elle décida de ne pas y attacher d'importance, elle était déjà suffisamment anxieuse ces temps-ci. La dispute qui avait éclaté entre ses collègues au sujet de la répartition des classes de terminale pour l'année prochaine avait laissé des traces. C'était depuis comme si chacun se murait dans son silence tout en feignant de ne pas en être affecté. Alors ce soir elle voulait se détendre. Elle n'avait donné aujourd'hui que des cours de grammaire, ce qui, en règle générale, ne suscitait pas beaucoup d'engouement de la part de ses élèves. Aussi se prépara-t-elle tranquillement une infusion du soir, prête à s'installer dans le salon pour lire le journal que son fils avait acheté.

L'essentiel de la page locale était consacré à l'accident mortel sur la nationale. « A même pas un quart d'heure d'ici » se surprit à soupirer Mélanie. L'horreur d'une telle tragédie lui donna littéralement la chair de poule, prioritairement pour ce jeune homme et sa famille évidemment, mais de manière plus insidieuse, parce qu'elle lui rappelait la fragilité de l'existence, d'autant plus que la victime avait l'âge de Gaspard. Elle tourna les pages plus vite qu'il n'eut fallu afin d'aller se divertir sur la chronique humoristique quotidienne. C'était depuis longtemps sa page préférée tant elle aimait la liberté joyeuse dont les auteurs savaient habituellement faire preuve ici d'une manière toujours intelligente. Elle qui pourtant était viscéralement attachée aux règles d'écriture, tant sur le fond que sur la forme, accueillait avec délice et indulgence les fantaisies lyriques dont ils faisaient démonstration.

- Coucou ! lui dit Gaspard à l'instant même où Mélanie entendit la porte de la maison s'ouvrir.
- Ah bonsoir, tu étais parti courir ? lui demanda-t-elle.
- Oui, j'étais avec Pierre, mais je te l'avais dit hier soir, tu le savais.
- Désolée, je ne m'en souviens absolument pas. Je ne te revois pas du tout me dire ça.
- J'en suis sûr pourtant, mais ce n'est pas grave. Tu n'étais pas inquiète j'espère !
- Non, je m'en suis doutée puisqu'il n'y avait plus tes affaires de sport. Tu vois, je lisais le journal et j'étais justement sur ma chronique préférée.
- Je file prendre ma douche, lui répondit Gaspard avec cet enthousiasme qui l'avait toujours caractérisé.

Gaspard était un jeune homme de vingt-deux ans qui avait à cœur de mener une vie très saine. Il pratiquait régulièrement la course à pied, le vélo et la randonnée. La santé physique était pour lui une priorité qui lui permettait de conserver un bon équilibre mental entre ses études et ses loisirs. Avec son frère Maxence, de trois ans son aîné, ils étaient les deux seuls enfants du couple Michel, tous deux enseignants de grec et latin au lycée La Bruyère à Versailles. Alors que Maxence, tout petit, avait déjà le goût des lettres et ne pouvait s'imaginer faire autre chose que s'engager dans l'enseignement à la suite de ses parents, Gaspard, lui, avait très vite manifesté une appétence pour le droit et la justice sociale. Aussi était-il maintenant en quatrième année à l'université de Versailles Saint-Quentin-en-Yvelines dans le but de décrocher d'ici dix-huit mois un Master Droit Social. Maxence était désormais indépendant et Gaspard vivait encore avec ses parents Mélanie et Luc, dans le pavillon de son enfance dans le quartier de Montreuil.

Mélanie avait eu à peine le temps de terminer son journal que Gaspard était déjà redescendu, ses longs cheveux bruns tout mouillés et le sourire aux lèvres. C'était devenu un homme maintenant et Mélanie ne cessait de s'en émouvoir. Mais n'était-ce pas là la destinée de toute maman ? Son mari, qui était tellement moins expressif, l'avait souvent mise en garde contre cet excès de compliments affectueux qu'elle ne cessait d'adresser à ses deux fils, et particulièrement à son plus jeune. « Il faut bien qu'il entende qu'il n'est pas parfait si tu ne veux pas qu'il s'écroule dès son premier échec. » lui avait-il dit, et sans doute avec raison. Mais aujourd'hui encore, elle avait besoin de chuchoter à Gaspard qu'elle le trouvait resplendissant. « Après tout, quand je pense à ce jeune homme de l'accident du journal, j'aurais tort de m'en priver. » se dit-elle comme pour s'en excuser.

- Papa n'est pas rentré ? demanda-t-il coupant court à cet attendrissement, qui somme toute, le laissait assez détaché tant il en était familier.
- Il a une réunion ce soir au lycée, il n'est pas sûr qu'il rentre avant.
- Ah zut, je voulais lui montrer le tout dernier jeu de tennis dans l'univers 2K. Un copain m'a convaincu de l'acheter ce midi, imagine que la dernière franchise date d'il y a treize ans !

Même s'il s'agissait d'un jeu vidéo, il était question de sport. C'était, entre Luc et ses fils, leur affinité, leur complicité. L'épanouissement par le sport avait toujours été pour Luc une conviction profonde, et dès leur plus jeune âge il avait enseigné à ses enfants l'importance d'avoir une activité physique. Il n'avait pas eu de mal d'ailleurs à les convaincre, tant l'un comme l'autre, des garçons robustes et audacieux, avaient ressenti la nécessité de libérer ainsi leur énergie pour se construire aussi bien psychologiquement que physiquement. Devenus adultes ils étaient imprégnés des valeurs de respect et de coopération du sport collectif. Et alors que Maxence s'adonnait maintenant exclusivement au football, Gaspard aimait également, comme ce soir, se dépasser en courant seul ou avec son ami Pierre.

- Alors après dîner, j'irai chez Pierre. J'ai trop envie d'y jouer avec quelqu'un. J'emmènerai mon PC.
- Si tu veux. Tu comptes utiliser la voiture ? Car ton père a pris la petite, il craignait de finir trop tard ce soir et il ne souhaitait pas emprunter le bus de nuit.

- Non, je vais y aller à pied, ça me fera un peu d'exercice, répondit-il.
- Comme si tu n'en faisais pas assez comme ça, sourit Mélanie.

Luc ne rentra effectivement pas avant que sa réunion ne commence au lycée. Aussi il n'était pas là lorsque son fils, après avoir partagé le repas avec Mélanie, quitta la maison pour se rendre chez son ami Pierre à moins d'un kilomètre de leur domicile.

Il n'était pas là non plus, lorsque deux heures plus tard, deux gendarmes en uniforme vinrent sonner à la porte de leur maison où son épouse regardait tranquillement une émission à la télévision.

2

Le cri que poussa Mélanie fut si déchirant et si lucide que les deux gendarmes confièrent ensuite à leurs collègues qu'ils l'entendaient résonner à l'infini dans leur mémoire.

C'était toujours un moment extrêmement compliqué pour ces hommes, la facette la plus douloureuse et pourtant si souvent oubliée de leur métier. Et lorsque l'accident aussi grave qu'il leur fallait annoncer était celui d'un enfant ou d'un jeune comme Gaspard Michel, l'anxiété était telle qu'aucun d'entre eux ne pouvait se targuer de savoir faire. C'était comme s'il n'y avait plus d'uniforme, et c'était ce soir-là deux êtres défaits dans un instant de saisissement sans égal. Ils savaient, avant même de sonner, qu'au vu de ce que leur avaient dit les pompiers, ils allaient briser une famille, mais ils ne pouvaient à l'avance en prévoir la scène tant les réactions étaient chaque fois différentes. Mélanie, la maman de Gaspard, comprit tout de suite en les découvrant derrière la porte avec le sac à dos de son fils qu'il y avait eu une tragédie. Elle posa directement la question, si bien qu'ils dirent la vérité immédiatement, Gaspard avait été transporté dans un état d'urgence absolue. Leurs mots étaient simples, sobres, dénudés. Elle comprit ce que signifiait le diagnostic et se mit à hurler. Elle n'avait même pas besoin d'être consolée tant il n'y avait d'apaisement possible. Les deux hommes restèrent près d'elle, le temps que Luc rentre de sa réunion.

Celui-ci, tout aussi dévasté, ressentit immédiatement la nécessité de comprendre comment s'était produit l'accident, comme s'il pouvait y avoir quelque chose de rationnel pour s'y cramponner. Lui qui ne savait pas encore que son fils était sorti à pied pour se rendre chez son ami afin de tester le nouveau jeu vidéo. Les deux gendarmes expliquèrent, avec compassion et professionnalisme, que Gaspard avait été renversé par un automobiliste d'une cinquantaine d'années qui avait perdu le contrôle de sa voiture après avoir heurté le trottoir. Si l'excès de vitesse était largement attesté par les quelques personnes qui en furent témoins, il restait bien évidemment à attendre le résultat des analyses afin de déterminer s'il y avait alcoolémie ou prise de stupéfiants pour expliquer aussi l'absence de maîtrise du véhicule. C'étaient là des hypothèses qui, à défaut de légitimer la réalité, meublaient l'insoutenable néant vers lequel la raison de Luc était inexorablement attirée. Il avait le sentiment inouï de percevoir l'existence s'extirper de son corps pour aller s'éteindre dans un abîme sans entrailles. Mélanie, à ses côtés, semblait transpercée. L'impact était d'une telle démence que leurs visages même ne semblaient que de cendres. Ils savaient déjà qu'ils avaient perdu Gaspard, ils ressentaient la déchirure de manière viscérale.

- Et Maxence. Il faut prévenir Maxence, murmura Mélanie. Il faut qu'on soit tous les quatre, il faut qu'on aille voir Gaspard ensemble.

Et c'est bien l'esprit de corps d'un trio soudé qui désorganisa encore plus la psyché du docteur Lafargue à qui revenait la lourde charge d'annoncer à une famille que leur être cher ne pourrait jamais leur être rendu vivant.

- Gaspard a été victime d'un très lourd traumatisme crânien. Lorsqu'il est arrivé dans notre service de réanimation, son cerveau avait malheureusement été déjà tellement comprimé que celui-ci n'était déjà quasiment plus irrigué ni oxygéné. Les différents tests qu'il est en train de subir corroborent le fait qu'il n'y a plus d'activité cérébrale possible, il perd donc ses fonctions vitales.
- Mais rassurez-nous, il n'est pas mort quand même ? demanda Maxence qui, contrairement à ses parents qui se muraient dans le silence, ressentait le besoin de maltraiter l'insupportable vérité.
- Son cœur bat toujours grâce à un respirateur artificiel. Les organes vitaux continuent ainsi d'être irrigués, mais l'état de Gaspard est malheureusement irréversible. Nous procéderons à un deuxième encéphalogramme pour confirmer l'absence définitive de circulation sanguine dans le cerveau. Cette validation n'est désormais qu'une procédure obligatoire car nous savons que la mort encéphalique est déjà survenue.

Le docteur Lafargue venait de délivrer sa sentence dans la douleur. Il avait chaud et se sentait froid, comme à chaque fois. La mort était bien le paradoxe de la vie, mettant à mal sa propre vocation. Il avait voulu être médecin par amour du vivant et se retrouvait à côtoyer les défunts. Lui qui s'imaginait, jeune étudiant pétri d'idéal et de candeur, proclamer à des familles entières qu'il venait de sauver leurs proches, était en réalité devenu celui qui

annonçait l'effondrement de leurs rêves, de son rêve. Et dans ce bouillonnement d'incohérence, il pressentait qu'il transmettait aussi sa fragilité et son ambiguïté. « Ce garçon, Maxence, l'avait perçu. » s'était-il dit alors que les parents étaient tellement anéantis qu'ils ne semblaient même pas en capacité de réfléchir sur ce concept de mort encéphalique.
- Sa mort ne serait perçue que par les machines si j'ai bien compris ? s'était-il insurgé. C'est qu'en réalité, il vit encore ? Puisque le cœur de mon frère bat, comment pouvez-vous dire qu'il est mort ? Dites-nous Docteur, son corps est encore chaud ? Il respire ? La mort c'est bien l'arrêt du cœur ? avait-il ajouté le souffle coupé tant il était indigné.

Il ne s'agissait effectivement que d'une exactitude médicale, et c'est ce qui avait mis une fois de plus le Docteur Lafargue en difficulté. Comment ce frère pourrait-il l'entendre ? La mort de Gaspard n'était encore en cet instant qu'une abstraction, rationnelle certes, mais à l'état d'irréalité.
- Il a l'air d'être vivant mais ce n'est qu'une machine qui maintient ses organes, avait-il répondu.
- Si vous êtes si sûrs que cela qu'il est mort, pourquoi dans ce cas vous utilisez cette machine ? avait rétorqué aussitôt Maxence qui mesurait l'apparente incohérence des propos du docteur.

Le sursaut du père à ces mots et le gémissement de la mère avaient tristement fait diversion. Maxence s'était presque excusé, dispensant le docteur de réponse. Et celui-ci n'aurait pu de toute manière transgresser le protocole. Ce n'était pas à lui d'expliquer que déconnecter Gaspard du respirateur artificiel, ce qui reviendrait à cesser l'irrigation des organes vitaux, supprimerait toutes les chances de pouvoir envisager leurs prélèvements.

- Vous allez maintenant rencontrer deux autres personnes, deux infirmiers coordinateurs, qui vont venir vous expliquer la suite de la procédure, avait-il dit en se levant. Je vous invite à prendre un peu de temps pour vous, il y a une machine à café dans le coin des familles si vous le souhaitez, avait-il ajouté d'une voix exprimant toute sa compassion.

Et regardant Mélanie, Luc et Maxence Michel quitter son bureau, il s'était demandé quelle allait être leur réaction face à la démarche des coordinateurs. Les parents étaient en état de choc, c'était une évidence. Leur sursaut au moment de la question de leur fils aîné lui avait prouvé, que même s'ils semblaient avoir entendu la mort de Gaspard, ils n'avaient pas intégré en réalité que la situation était irréversible. Et c'était là, pour lui, une réaction très fréquente. Celle qui d'ailleurs compliquait souvent la tâche des équipes. Alors que Maxence, malgré son apparente dénégation, avait mieux compris ce qui se passait. Il allait falloir réexpliquer les choses, et malgré l'urgence de la situation, le docteur Lafargue savait que tout allait se jouer dans le respect de cette temporalité. Cela était tellement important de prendre de part et d'autre le temps de cette confiance. Pour lui, le prélèvement des organes et des tissus de Gaspard était une évidence. Pour la famille, c'était un chaos invraisemblable.

« Puisque rien n'a pu être possible pour Gaspard, qu'un supplément de vie soit donné à quelqu'un d'autre... » se prit à chuchoter le Docteur Lafargue en voyant les silhouettes de Mélanie, Luc et Maxence s'enlacer devant la machine à café.

3

Qu'avait bien pu comprendre et ressentir Gaspard au moment où cette voiture sans contrôle était venue le percuter de plein fouet ? C'était une question qui hantait ses parents, et plus particulièrement encore son frère Maxence avec qui il était si complice. On disait communément qu'il en était ainsi pour les proches, une interrogation insupportable qui était appelée à les hanter en boucle, imprégnée de chimère et de fantasme puisque par nature, la mort le privait justement de pouvoir un jour la leur raconter. On parlait souvent aussi d'un flash-back durant lequel les plus grands bonheurs vécus étaient projetés.

Et Gaspard avait été heureux, c'était là une consolation si tant est que ce mot pouvait encore avoir du sens dans l'esprit tuméfié de chacun de celles et ceux qui l'avaient aimé. C'était un garçon au grand cœur. Il avait toujours eu cette aptitude à sublimer la vie des autres, au détriment parfois d'un peu de cet égoïsme sain qui lui aurait permis de ne pas s'oublier.

Car là avaient été parfois ses limites, lorsqu'il devait se rendre compte qu'on avait profité de sa gentillesse. Luc et Mélanie avaient toujours aimé lui rappeler ses premières années de football où il avait annoncé vouloir devenir gardien de but. Ses parents avaient respecté ce choix, priorisant ainsi l'idée qu'il allait devoir expérimenter ses responsabilités et apprendre à assumer ses erreurs lorsqu'il serait amené à en commettre. L'entraîneur du club leur avait en plus expliqué que c'était là un poste qui lui permettrait d'exercer sa personnalité puisqu'il lui faudrait prendre sur lui d'être le joueur différent, tant au niveau vestimentaire que dans les règles du jeu. Gaspard, qui n'était pas prêt à gérer ce type de stress, ni préparé à être le bouc émissaire, même injustement, de chaque défaite de l'équipe, avait tenu son engagement pendant cinq mois. Jusqu'au soir où il était rentré en pleurs dans la chambre de ses parents pour leur avouer qu'il n'avait jamais voulu être gardien. Il avait simulé cette intention uniquement pour délester l'équipe et l'entraîneur du souci de cette carence et, par conséquent, qu'ils en soient rassurés. « Ça, c'est notre Gaspard. » avait souvent plaisanté son père.

Il n'empêchait que si chacun d'eux avait tant aimé lui rappeler la scène, c'était bien parce qu'elle les avait particulièrement interpellés. Cet altruisme, qui lui semblait si naturel, ne devait pas pour autant se muer en appel au sacrifice. Car c'étaient deux choses différentes dans l'esprit de ses parents qui n'avaient eu de cesse ensuite de veiller à ce que Gaspard ne prenne pas pour vocation d'exister pour les autres au détriment de lui-même.

Sans doute était-ce grâce à cette vigilance de ses parents et à toute la sécurité affective qui l'entourait, qu'il était devenu un adolescent épanoui et confiant. La pratique du sport l'avait aussi énormément aidé à se construire, et ce, d'autant plus qu'il partageait cette passion avec son père et son frère Maxence. C'était en classe de quatrième qu'il avait rencontré Pierre. Ils étaient devenus très vite inséparables, partageant les mêmes passions, les mêmes points de vue sur les choses de la vie et les découvertes propres à l'adolescence. Et cette relation était réciproque. Gaspard n'était pas celui qui soutenait l'autre sans retour, comme cela lui était parfois arrivé avec d'autres camarades. Il n'y avait aucune frustration émotionnelle entre eux. Ils ressentaient surtout une confiance absolue l'un envers l'autre. Gaspard savait qu'il pouvait livrer des évènements, sentiments, opinions et projets à Pierre et que celui-ci en prendrait soin. La proximité de leurs maisons familiales respectives avait servi aussi ce rapprochement affectif.

Lorsqu'était venu le temps des choix d'orientation professionnelle, tout s'était fait d'évidence pour Gaspard. Et ni sa famille, ni ses amis proches ne s'étaient étonnés de son aspiration pour le droit. Cela semblait même la suite logique de ses expériences et de son charisme. Pierre lui, avait choisi le métier d'infirmier, et entre ces jeunes garçons pétris d'altruisme et de générosité, il demeurait là comme un fil rouge presque palpable. Ils étaient restés ces deux amis les plus proches et continuaient à pratiquer ensemble la course à pied, comme ce jour maudit qui les avait réunis quelques heures avant et aurait dû à nouveau le faire en soirée autour d'un jeu vidéo.

Etait-ce donc ce défilé d'images qui avait enfiévré le cerveau de Gaspard avant qu'il ne fût enregistré comme étant définitivement éteint ? Luc, Mélanie et Maxence savaient déjà que cette question les rouerait de coups jusqu'à la fin de leur propre vie.

- Si seulement Gaspard pouvait nous le dire, murmura Mélanie.

- S'il pouvait nous le dire il ne serait pas mort, ajouta Maxence.
- Mais il n'est pas vraiment mort, le docteur l'a dit, son cœur bat encore, répondit-elle.

Oui, son cœur battait. Maxence l'avait dit aussi au docteur Lafargue. C'était la phrase consacrée des familles à qui l'on venait d'annoncer un état de mort encéphalique. Et cela allait être exprimé d'une manière encore plus résolue lorsqu'ils seraient autorisés à voir Gaspard. Il aurait toujours le teint rose, son thorax se soulèverait régulièrement, rien ne confirmerait son décès si ce n'était son encéphalogramme définitivement plat. C'était là la mise à mal de toutes les références déontologiques qui légitimaient la mort dans le passé et ils n'étaient vraiment pas en mesure à cet instant de s'y arrêter.

- Je n'ai pas compris de qui le docteur parlait lorsqu'il nous a dit que deux infirmiers allaient venir nous voir, souffla Luc.
- Il a évoqué la suite des procédures, sans doute pour nous dire maintenant ce qui va se passer, et heureusement, car on ne sait pas du tout où aller, répondit Mélanie. On ne sait même pas dans quelle chambre il est.

Maxence ne disait rien. L'immense détresse de ses parents l'oppressait. Une peur quasi primitive l'agrippait. Il pressentait que la question du corps de Gaspard allait prendre une valeur démesurée. C'était comme si l'enjeu devenait presque charnel alors qu'il s'agissait de son frère qu'il aimait. Il avait soudain l'angoissante sensation qu'on allait venir lui demander de débrancher les machines et donc de tuer le corps de Gaspard, et, face au chagrin de ses parents, il se sentit soudain à son tour aspiré par l'impossible soumission.

C'étaient finalement trois personnes qui étaient venus se présenter auprès d'eux comme étant "l'équipe de coordination hospitalière de prélèvement d'organes et de tissus", les invitant à les suivre dans un bureau pour échanger. Tout en parcourant les deux couloirs qui les séparaient de la salle des familles à cette pièce, Mélanie, Luc et Maxence étaient déjà chacun à leur manière en prise avec ces mots de présentation entendus à l'instant dont ils peinaient à percevoir la vertigineuse signification.

4

Après avoir pris place et leur avoir expliqué que la mort encéphalique venait malheureusement d'être confirmée par le médecin réanimateur de l'hôpital au vu du résultat du deuxième encéphalogramme de validation, l'équipe médicale témoigna d'une transparence et d'une sensibilité extraordinaire pour communiquer les informations sur un possible prélèvement des organes et des tissus de Gaspard afin de sauver des vies.

Jérémy, Le coordinateur principal, expliqua tout d'abord avoir consulté le registre national des refus pour vérifier que Gaspard ne s'y était pas inscrit. Cela aurait dans ce cas, bien évidemment, interrompu toutes les démarches. Comme il ne s'y était pas fait connaître, il était donc considéré comme donneur présumé. Il s'agissait maintenant pour l'équipe d'échanger avec ses proches pour s'assurer qu'il n'aurait effectivement pas été opposé au don, et décider ensemble de quels organes et tissus on pourrait parler.

Jérémy comprit tout de suite que le sujet n'avait jamais été abordé dans cette famille. Il avait maintenant une petite expérience de ces entretiens toujours si douloureux. Il se souvenait pourtant avoir vu parfois le visage d'un parent éploré se transfigurer à l'idée que leur proche puisse devenir passeur d'une vie nouvelle et que la mort annoncée se transforme en autre chose. Mais lorsque la mort encéphalique survenait aussi rapidement après l'accident il savait que la demande était d'une violence inouïe. D'où une fois de plus, se disait-il, l'importance de parler du don d'organes de son vivant.

De la manière dont les parents et le frère évoquaient qui était Gaspard, il lui semblait tellement évident que ce garçon plein de vie et de générosité aurait donné son accord. Il aurait par là-même déchargé ses proches de ce terrible cas de conscience qu'ils devaient vivre dans un moment où ils n'étaient pas en état de le subir. Ce manque de clarté était la cause malheureusement de la plupart des refus des familles, celles-ci craignant trop de ne pas respecter une disposition qu'elles ignoraient. Il lisait cependant, dans le comportement des parents, un acquiescement possible.

- Si vous êtes certains qu'il ne pourra jamais se réveiller, alors moi je dis oui, avait finalement assez rapidement prononcé le papa. Gaspard était tellement généreux et altruiste, ajouta-t-il en serrant la main de son épouse et de son fils comme pour leur transmettre la foi et l'énergie qui jaillissaient de sa douleur. On sait bien qu'il aurait dit oui !
- Moi j'ai l'impression que vous voulez qu'on le fasse mourir pour que vous preniez ce dont vous avez besoin, accusa Maxence avec une agressivité qui fit sursauter Mélanie.
- Ne vous inquiétez pas Madame, dit le coordinateur en réponse au mouvement de Mélanie. Ce que dit votre fils est tout à fait compréhensible et c'est important qu'il en parle. Il est fréquent que nous soyons perçus comme des prédateurs, et ce d'autant plus que le corps est encore maintenu de manière artificielle.

Et tout en rassurant Maxence comme quoi tout avait évidemment été fait pour sauver en priorité la vie de Gaspard, il les invita tous trois à justement exprimer ce qui faisait obstacle à leur consentement. C'est bien d'ailleurs le fils qui semblait le plus réfractaire. C'était une attitude de défense qui lui permettait de faire front à l'insupportable réalité de la mort de son frère. La ligne de démarcation entre l'acceptation et le déni était toujours d'une grande fragilité, parce qu'au final Jérémy se faisait la même remarque que le docteur Lafargue : Maxence était des trois celui qui avait le plus pris conscience de la réalité de la mort de Gaspard. A cause de cela, il était justement submergé par la colère, par l'injustice et c'était là une réaction saine. Les parents, malgré une apparence plus résignée, s'accrochaient désespérément à tout ce qui pouvait ressembler à quelque chose d'humain pour détourner la violence de l'évidence.

- Je n'ai pas envie que mon frère soit disloqué un peu partout. Son cœur ici, ses poumons là-bas...avait-il ajouté en effectuant un geste qui balayait l'espace, mis en confiance par l'empathie et la bienveillance de l'écoute de chacun des membres de l'équipe.
- C'est une angoisse que nous portons tous en nous de manière archaïque. Notre psyché n'est pas toujours en harmonie avec l'affranchissement des tabous qui ont permis les progrès formidables de la médecine et de la science. Il faut accepter de ressentir en vous la violence de cette nouvelle approche du corps, elle remonte à des peurs intouchables qui ont régi l'esprit durant des millénaires. Vous avez le droit de l'éprouver, surtout aujourd'hui où le

choc prend le dessus. Vous prendrez le temps d'apprivoiser cette angoisse, car bien évidemment, en cas de don, il est vrai que les organes de votre frère seront effectivement dispersés.

- Et si vous lui prenez ses organes, son corps sera mutilé ? continua-t-il, tellement touché par cette relation de confiance et l'acceptation de ses angoisses.
- Non, cela je vous l'assure aussi. Il sera opéré avec autant de respect et de décence qu'une personne vivante. Son corps vous sera rendu dans son intégrité et rien, de l'extérieur, en dehors des cicatrices, ne laissera percevoir qu'il a été prélevé.

L'autorité naturelle de chaque coordinateur inspirait la sécurité et l'estime. C'était une équipe profondément humaine qui accueillait la parole de ces familles éplorées avec bienveillance et douceur. Alors que Maxence se heurtait davantage à des questions d'ordre éthique concernant le corps de Gaspard, Mélanie s'interrogeait davantage sur l'identité présumée des receveurs. Le médecin de l'équipe avait bien à cœur d'affirmer que le don post-mortem était un acte anonyme, et qu'il était impossible que les noms et coordonnées soient transmis d'un côté comme de l'autre. La famille du donneur, avait-il malgré tout précisé, peut, si elle le souhaite, être mise au courant du résultat des greffes réalisées.

L'entretien s'étirait depuis plus de deux heures. C'était un lieu où la temporalité ne se mesurait pas à l'heure exacte mais à la durée entre l'instant où était déclaré un décès encéphalique et celui où la famille accepterait ou non que soient prélevés les organes et les tissus de son proche. L'équipe hospitalière conseilla à Mélanie, Luc et Maxence d'aller se reposer avant de délivrer leur réponse. Elle leur assura qu'ils pourraient voir Gaspard avant les prélèvements si tel était leur choix, et qu'ils restaient bien évidemment à leur disposition pour les accompagner.

Jérémy et ses collègues se sentaient plutôt optimistes quant à leur cheminement. Le père avait déjà dit oui. La mère, sans l'avoir formulé, avait tissé un lien entre Gaspard et les receveurs, et le fils, Maxence, avait posé des questions tellement pertinentes que son acceptation leur semblait en bonne voie. Ils leur avaient parlé aussi d'un garçon, un certain Pierre, le meilleur ami de Gaspard, un infirmier qui plus est, qu'ils souhaitaient associer à leur démarche.

Ils laissèrent partir la famille de Gaspard pour se retrouver entre eux dans une petite salle qui leur était réservée. Une sorte de débriefing qu'ils avaient l'habitude de faire et qui leur permettait d'analyser leur pratique tout en donnant à chacun la possibilité de se décharger de l'émotion de ces entretiens qui étaient toujours lourds à porter. C'était un contact avec une famille pour vingt-quatre heures seulement, mais tellement intense. Le prélèvement d'organes était, pour chacun de ces infirmiers coordinateurs, l'œuvre la plus honorable que la médecine puisse accomplir. Et s'il leur était très éprouvant de côtoyer ces familles dans la peine et de devoir admettre qu'ils ne pouvaient plus rien faire pour sauver leur proche décédé, leur mission était bien d'en aider d'autres en leur restituant une nouvelle solution de vie. Et être au service de cette mission, c'était pour chacun d'eux quelque chose de noble et de transcendant.

5

L'annonce de la mort de Gaspard fut une véritable explosion au sein du noyau familial et amical. Il avait fallu finalement cinq appels téléphoniques aux plus proches de la part de ses parents et de son frère pour que tous les réseaux de communication se mettent en activité et remplissent leur rôle de colporteurs de la triste nouvelle. Pierre, bien évidemment, fit partie de ces cinq personnes et il était le seul avec qui Luc, Mélanie et Maxence avaient décidé de parler de la question du prélèvement d'organes avant d'apporter la réponse solennelle à l'équipe hospitalière.

Il était tout juste levé lorsqu'il reçut l'appel téléphonique de Maxence. Il venait justement d'envoyer un mot à Gaspard sur Messenger et attendait que celui-ci lui réponde. La brutalité de la mort de son ami était inconcevable à entendre, d'autant plus lorsqu'il en comprit les circonstances exactes. Gaspard était mort parce qu'il voulait aller lui montrer son nouveau jeu vidéo. La culpabilité et la colère l'envahirent aussitôt et le dépassèrent.

- Pourquoi lui ? Pourquoi en voulant venir chez moi ? Est-ce qu'il est mort sur le coup ? S'en est-il rendu compte ? Et le chauffard ? Et tes parents ? enchaînait-il sans même laisser à Maxence le temps de répondre.

Les questions se chevauchaient dans sa tête, et elles étaient d'autant plus angoissantes qu'il les savait déjà sans réponse. Mais elles s'imposaient soudain comme une nécessité, tant pour Maxence qui les entendait que pour Pierre qui les formulait. C'était leur manière à eux de partager leur peine. Pour l'un comme pour l'autre c'était leur premier deuil. Celui de leur frère. Car si Pierre et Gaspard n'étaient pas liés par le sang, leur relation était si fusionnelle que quelque part, cela s'y apparentait. Ils avaient toute une histoire en commun et la violence de l'évènement n'avait laissé aucune place à la moindre préparation, qu'elle soit physique, matérielle ou mentale. Avant même que Maxence ne le lui demandât, Pierre se proposa d'aller les rejoindre chez eux. Il voulait les voir, rendre l'évènement plus réel.

- C'était comme de l'amour entre nous, et beaucoup d'éclats de rires. Des confidences aussi parfois, on se partageait l'un à l'autre nos craintes et nos attentes pour l'avenir. Tout était clair avec Gaspard, avait-il dit à Luc et Mélanie une fois l'accablement de la première étreinte passé.

C'est alors à ce moment-là que Luc aborda le premier la démarche faite dans la nuit par l'équipe hospitalière. La manière dont ils en parlèrent n'avait plus rien à voir avec la bataille incommensurable qu'ils avaient semblé mener quelques heures plus tôt contre eux-mêmes et leur désespoir. C'était soudain, dans leurs mots, dans leurs yeux, comme le sentiment nouveau de pouvoir encore faire quelque chose pour sauvegarder une parcelle de sens et de vie à ce qu'ils avaient tant aimé recevoir de Gaspard : sa générosité. Ils se laissaient surprendre et doucement porter par ce cheminement. Et la réaction de Pierre fut aussitôt évidente et transparente.

- Bien sûr que Gaspard aurait dit oui, s'était-il tout de suite exclamé, profondément ému. Lui qui voulait toujours tout donner. Hier soir, je ne savais pas qu'il venait avec son nouveau jeu, je n'ai rien pu faire pour éviter ce drame mais je ferai tout, par contre, pour aller au bout de sa volonté.

Les mots leur manquaient pour exprimer l'intense émotion qui les unissait en cet instant. Il y avait comme une sorte de sublimation et une culpabilité à l'accueillir dans un moment aussi douloureux.

- Gaspard a toujours souhaité aider les autres, répéta Mélanie. On lui disait qu'il ne fallait pas pour autant se sacrifier. Tu te rappelles Luc, quand il a voulu être gardien de foot ?

Et cette histoire tellement de fois racontée ouvrit la porte à un temps de rires et de tendresse, où chacun partagea les anecdotes et les bons moments passés avec Gaspard. Cela n'allégeait pas la souffrance mais les réconfortait quand même. Au-delà de l'immense chagrin, c'était une manière de ressentir la gratitude de l'avoir eu dans leur vie.

- Alors on est d'accord tous les quatre ? voulut soudain officialiser Luc. C'est bien ce que Gaspard aurait voulu ? On va aller signer ensemble l'autorisation des prélèvements ?
- Oui, répondit Mélanie terriblement émue. Gaspard a toujours été comme ça. Il était tellement généreux qu'il va continuer même après sa mort. Il va pouvoir sauver des gens maintenant.
- Et toi Maxence ? demanda Luc à son fils qui n'avait pas beaucoup participé à l'échange.

- Oui, répondit celui-ci de manière laconique. Même si je trouve cela tellement injuste, ajouta-t-il. Comme s'il n'avait pas donné suffisamment aux autres de son vivant, on va en plus lui prendre une partie de son corps. Mais comme tu le disais Maman, il a toujours été comme ça... Alors je dis oui, finit-il par prononcer, abattu.
- Et toi Pierre, tu es d'accord aussi ? continua Luc après avoir posé un moment de silence sur le déchirement si bouleversant de Maxence.
- Je voudrais tellement que ce soit un cauchemar et qu'on se réveille près de lui, murmura-t-il, lui qui deux heures auparavant ignorait encore tout du drame. Mais je suis sûr de ce qu'il nous dirait. Ainsi il sera mort de la même façon qu'il vivait. Et ça me soulage de penser aux malades qui vont être sauvés grâce à lui.
- Celui ou celle qui recevra son cœur aura tellement de chance, s'attendrit Mélanie avant de perdre son contrôle et de sombrer dans la douleur la plus terrible qui soit pour une mère.

Car ce sont bien quatre personnes brisées qui reprirent la route de l'hôpital après avoir prévenu la cellule de coordination qu'elles venaient signer l'autorisation du prélèvement d'organes et de tissus sur le corps de Gaspard, avant que le respirateur artificiel qui maintenait leur irrigation ne soit définitivement arrêté.

6

- Attendez, arrêtez ! Je ne peux pas ! s'écria soudain Maxence, alors qu'ils gravissaient les escaliers de l'hôpital. Je ne peux pas faire ça à mon frère ! Laissez-moi parler s'il vous plaît. C'est toi Maman, quand tu as parlé de celui qui recevra son cœur tout à l'heure. Comment on peut lui faire ça ? Lui qui en prenait tellement soin. Il ne fumait pas, il ne buvait pas, il courait, il était robuste, il était beau. On n'a pas le droit. Les autres organes d'accord, mais pas le cœur. Il le méritait, c'était le sien. Il nous aimait avec son cœur.
- Justement mon chéri, lui dit doucement Mélanie. Il avait le cœur tellement pur qu'il continuera d'aimer. On ne va pas enterrer son cœur, on va le donner.

Pierre et Luc ne savaient comment se joindre par les mots à cet instant d'intense émotion. C'était une mère qui parlait du cœur de son enfant et qui s'apprêtait à l'offrir, peut-être à une autre mère d'ailleurs.

- Allez-y sans moi, murmura finalement Maxence qui était passé de la colère à l'abandon. Papa, Maman, c'est à vous de signer les autorisations. Je sais que Gaspard aurait été d'accord, c'est moi qui n'y arrive pas c'est tout, alors ne vous occupez pas de moi, allez-y.

- Non Maxence, répondit Luc. Nous y irons tous les quatre. On ne signera pas sans toi. Tu ne le feras pas si tu ne le veux pas, mais tu seras quand même là, avec nous, avec Gaspard.

Jérémy avait compris la scène du haut de la passerelle. Il la traversait pour aller accueillir la famille de Gaspard lorsqu'il les avait aperçus en train de monter les escaliers. Il avait tout de suite deviné ce qui se passait, avant même que ses parents et son ami ne s'en rendent compte, lorsqu'il avait vu Maxence, d'abord ralentir puis s'immobiliser sur l'une des marches. C'était une scène qui malheureusement avait pour lui un goût de déjà-vu. Il était fréquent que la panique paralyse à la dernière minute l'intention qui avait été extirpée dans la souffrance. Maxence revenait en arrière, c'était évident. Mais Jérémy avait confiance en ce garçon et en sa capacité de surpasser son désespoir, car il s'agissait bien de cela au final. C'était un esprit charitable, au sens le plus noble du terme, et soucieux d'honorer la mémoire de son frère. Jérémy l'avait perçu aussitôt, mais le moment où l'on le lui demandait était tout simplement inconcevable. Jérémy partir rejoindre le docteur Lafargue, l'entretien s'avérait une fois de plus douloureux. Ils l'avaient deviné.

- Le cœur est un muscle, une pompe musculaire. Il n'est pas le siège des sentiments, Maxence. L'amour, la générosité, le courage ne sont pas l'affaire d'un organe. Mais votre angoisse est légitime, soyez rassurés de cela. Nous n'en sommes ni surpris, ni choqués. Notre rôle à nous maintenant est de vous déculpabiliser de cette réticence car nous savons au fond que vous ne souhaitez qu'une chose, c'est que le cœur de Gaspard continue de battre dans le corps de quelqu'un qui en prendra soin. Quelqu'un qui aujourd'hui espère, aime, et gardera intacts ses propres sentiments et ses propres émotions grâce au cœur de votre frère qui aura permis de nourrir à nouveau son corps en oxygène.

Jérémy avait une fois de plus les mots qu'il fallait, et la patience et la délicatesse avec lesquelles il les prononçait leur permettaient de rejoindre Maxence d'une manière presque libératrice. Le docteur Lafargue et son équipe assistaient à une véritable métamorphose qui n'était en rien le résultat d'une emprise. C'était vraiment une quiétude nouvelle qui naissait sur ses traits.

Juridiquement, l'équipe savait que la place des familles, et plus particulièrement du frère, était en soi limitée dans le droit de veto. Les proches ne pouvaient s'opposer au don sur simple échange de vues personnelles, puisqu'en théorie, seule l'absence de position de refus du défunt était questionnée. Mais chacun d'eux ne pouvait se résoudre à imaginer effectuer des prélèvements sur une personne présumée consentante alors que les membres de la famille proche, à titre personnel, s'y opposeraient. Prendre en compte la détresse des survivants était pareillement une exigence éthique.

Le silence qui régna dans la pièce, au moment où le docteur Lafargue, après un dernier signe d'acquiescement cocha la case « cœur » dans la liste des organes qui pourraient être prélevés, était aussi solennel que celui des cathédrales. Et les larmes qui coulaient lors de la signature de Luc, de Mélanie, de Maxence et de Pierre portaient en elles la grâce originelle de l'amour, de l'amour-souffrance. L'équipe des infirmiers savait l'extrême douleur de cet instant. Chacun d'eux avait été formé pour appréhender aussi l'ambivalence du consentement, même si celui-ci était donné de manière éclairée. Le docteur Lafargue, qui était présent au moment des signatures, les remercia sobrement et rendit hommage à l'immense générosité de Gaspard qui allait permettre à d'autres personnes de pouvoir continuer à vivre.

Recueillir l'accord d'une famille, c'était pour lui la consécration de la vie sur la mort. Il espérait très fort que ce don puisse leur permettre de donner un sens à la perte de leur enfant, frère et ami qu'était Gaspard Michel. Mais c'était là un cheminement tellement intime et spirituel. C'était toute la relation entre la mort et la vie, le corps et l'âme, qui pouvait être pensée de différentes manières. Certains réfractaires lui avaient même dit parfois que le pur altruisme n'existait pas et qu'il y avait toujours une motivation pleine de soi à vouloir faire perdurer ainsi l'existence d'un défunt. Le docteur Lafargue et toute son équipe savaient que la pratique du prélèvement d'organes posait des problématiques pour lesquelles les réponses demeureraient à jamais immatérielles. Ils l'acceptaient.

Pour l'heure, il s'agissait d'accompagner au mieux cette famille à qui on allait proposer de se recueillir devant le corps, avant que les analyses de chaque organe et tissu puis les prélèvements ne soient effectués et le respirateur déconnecté. Et alors qu'il les conduisait vers Gaspard, c'était déjà toute une équipe qui s'organisait.

7

Enfermé dans son bureau, sans souci ni de l'heure ni de sa fatigue physique et émotionnelle, Jérémy pouvait maintenant ouvrir un dossier Cristal afin de pouvoir y rentrer la globalité des données médicales, y compris le résultat des évaluations intégrales des organes et des tissus. Cristal était l'outil informatique développé par l'Agence de la biomédecine, qui génèrerait, après validation, un numéro de matricule afin de rendre le don anonyme. A partir de cet instant, ni le nom de Gaspard Michel, ni le nom des potentiels receveurs ne seraient visibles. Il n'y aurait plus que des numéros de dossiers, et des indications basiques telles que le sexe, l'âge, la taille, le poids. Cristal était mis à la disposition de tous les spécialistes investis dans le prélèvement et la transplantation et authentifiait auprès d'eux l'anonymat, le suivi des greffons et la transparence médicale.

En transmettant le dossier à l'Agence, Jérémy était toujours tendu de participer ainsi au coup d'envoi de cette anonymisation. Il ressentait ce passage comme étant à la fois la magnificence et l'épreuve suprême du don. Et entre ces deux rives qui séparaient l'identité de Gaspard à celles de ses receveurs, il s'endurait lui-même comme un misérable batelier, quasi un imposteur chargé d'une mission qui le dépassait tant elle lui était supérieure.

Il n'avait pour autant jamais l'occasion de s'attarder sur cet état d'âme en direct car il savait que le temps était compté. Les organes de Gaspard étaient précieux. Les prélèvements sanguins avaient montré que ce jeune homme n'était atteint d'aucune maladie transmissible, et les examens radiologiques avaient validé l'absence de pathologies latentes. « Un garçon qui était destiné à vivre longtemps et à réussir une belle carrière dans le droit. » n'avait pu s'empêcher de formuler Jérémy en son for intérieur, tout en veillant à ne pas se laisser déconcentrer par l'émotion pour entrer correctement le résultat des mesures effectuées par échographie pour chaque organe. D'un clic Jérémy envoya enfin le dossier à l'Agence pour validation. Il ne saurait jamais vers quelles personnes allaient partir les organes de Gaspard mais il ne pouvait s'empêcher de sourire pour elles.

Tout allait se dérouler maintenant dans un autre bureau, un autre quartier, à l'Agence de la biomédecine à Saint-Denis, avant de revenir vers lui. Il avait momentanément passé la main. Il pouvait se détendre un peu et penser plus librement aux parents et au frère de Gaspard. Ceux-ci étaient sûrement rentrés chez eux maintenant. Ils devaient annoncer la tragédie, parler probablement du don que Gaspard allait faire de ses organes. Il espérait qu'ils seraient bien entourés par leurs proches, leurs amis, leurs collègues et leurs voisins car le deuil allait forcément être difficile. Il pensait particulièrement à Maxence et à ce moment de recul qu'il avait eu sur les marches de l'hôpital. Comme beaucoup d'autres avant lui. Comme si la douleur d'avoir perdu son frère ne suffisait pas. « Je ne connaissais pas Gaspard, mais nul doute qu'il n'aurait jamais voulu mettre les siens face à ce si terrible dilemme. Mais tellement de gens, comme lui, comme eux, ne prennent pas le temps d'en parler avec leurs proches pendant qu'ils sont vivants. » se disait-il en boucle. Car c'était là un triste constat que ne cessaient de faire les coordinateurs, et qui malheureusement, était la cause de bien des refus, par précaution la plupart du temps. La famille de Gaspard avait donné son accord. Dans vingt-quatre heures environ, son corps, intact, habillé et embaumé, allait être rendu à ses parents. L'hôpital mandaté par l'Agence pour les prélèvements se chargerait de la passation avec le funérarium qu'ils avaient choisi, d'où ils pourraient alors commencer leur rite funéraire de la manière dont ils le souhaitaient, dans leur intimité. Jérémy le leur avait promis, rien du don ne serait visible, et il n'y aurait aucune transaction financière, ni frais, ni rétribution. C'étaient là les trois principes essentiels énoncés par les lois de bioéthique : le consentement, la gratuité, l'anonymat.

Jérémy aurait aimé quitter l'hôpital pour rentrer se reposer et retrouver Géraldine, son épouse. Il n'était pas toujours facile pour lui, dans un jour d'intervention comme celui-ci, de protéger son intimité personnelle et familiale. C'était là toute l'importance de l'équipe et de leurs échanges. Ils apprenaient ensemble à gérer leurs émotions pour ne pas s'effondrer dans la douleur des familles. La supervision de l'Agence dont il allait ensuite être le porte-parole auprès des soignants impliqués par le prélèvement était également pour lui une sorte de garde-fou. Mais il y avait malgré tout des moments difficiles, comme ce soir, et Géraldine le savait.

Pour l'heure, c'était donc à Saint-Denis que tout se jouait puisque c'est l'Agence de la biomédecine qui allait faire le lien entre l'établissement qui prélèverait et celui qui grefferait. Aucun personnel hospitalier, aucune équipe ne seraient directement en communication afin de garantir que le moindre rapprochement ne puisse être fait entre le donneur et le receveur. Le dossier Cristal avait été validé, anonymisé et c'était l'application qui allait maintenant déterminer les compatibilités, les similitudes et les accordances entre les organes disponibles et les patients en attente de greffons. Les caractéristiques morphologiques ainsi que le degré d'urgence, voire parfois la localisation selon le type d'organe à transplanter et sa capacité de conservation entre le prélèvement et la greffe. Les scores d'appariement étaient totalement règlementés selon des critères homologués par le ministère de la santé puis déclarés sur le Journal Officiel. C'était là une garantie que l'Agence de la biomédecine et toutes les équipes de coordination étaient souvent amenées à affirmer près des familles, que ce soient celles des donneurs ou celles des potentiels receveurs.

Le résultat des scores apparaissait maintenant sur l'écran.

L'Agence pouvait passer à la phase suivante du protocole. Il s'agissait d'appeler les hôpitaux des receveurs de chaque greffon pour les informer qu'un greffon était disponible pour leur patient inscrit sur les listes. L'appel était bref, chaque minute était comptée. L'hôpital du receveur disposait de vingt minutes maximum pour donner réponse à l'Agence. Sinon, on passerait au deuxième inscrit. Trois hôpitaux par greffon étaient contactés au cas où, chacun connaissait sa place dans le classement. Dès que les réponses arrivaient, il fallait commissionner sur chaque lieu des équipes différentes de coordinateurs qui ne s'échangeraient à chaque passation aucune information qui permettrait d'individualiser ultérieurement la personne. Jérémy, qui avait été chargé des entretiens et de l'ouverture du dossier Cristal, organiserait le transport vers l'établissement de prélèvement autorisé et mandaté par l'Agence. Sur place, une équipe organiserait l'ordre de passage au bloc de chaque chirurgien impliqué, qui opèrerait, sans perdre de temps mais dans le respect du corps, toujours. Elle encadrerait ensuite le transport de chaque greffon vers son centre hospitalier désigné, là où un nouveau groupe de coordinateurs prendrait alors la suite. Les interactions entre chaque brigade et chaque établissement se feraient par l'intermédiaire de l'Agence. C'était une véritable orchestration, calculée à la minute près, qui commençait d'abord au bloc opératoire des prélèvements. Il fallait prendre en compte, pour chaque organe, la durée du prélèvement et celle qu'il fallait pour refermer les incisions avec soin et poser les pansements pour dissimuler les sutures.

Chaque attribution de greffon était maintenant validée, et chaque établissement habilité à faire la transplantation était prévenu. Jérémy pouvait organiser le transport vers l'hôpital de prélèvement, et s'assurer que le donneur serait dans les mains d'une nouvelle équipe d'infirmiers coordinateurs. Son travail à lui allait bientôt se terminer.

8

Seront prélevés :

Sur une personne de sexe masculin de vingt-deux ans, cent-quatre-vingt-huit centimètres, quatre-vingt-trois kilogrammes, les organes suivants : deux poumons, un cœur, deux reins, un foie, un pancréas à l'hôpital Henri Mondor de Créteil, établissement de santé autorisé aux prélèvements multi-organes par l'agence régionale de santé après avis de l'Agence de la biomédecine, ainsi que les tissus suivants : les cornées et fines couches d'épiderme.

Pourront être greffés selon l'état du prélèvement :

Un cœur sur une personne de sexe féminin de trente-deux ans, cent-soixante-neuf centimètres, soixante kilogrammes, à l'hôpital de la Pitié Salpêtrière, à Paris 13ème, établissement de santé autorisé aux greffes de coeur par l'agence régionale de santé après avis de l'Agence de la biomédecine.

Deux poumons sur une même personne de sexe féminin de dix-huit ans, cent-soixante-deux centimètres, cinquante-cinq kilogrammes, à l'hôpital St Joseph du Plessis Robinson en Ile de France, établissement de santé autorisé aux greffes de poumons par l'agence régionale de santé après avis de l'Agence de la biomédecine.

Un rein sur une personne de sexe masculin de trente-huit ans, cent-quatre-vingts centimètres, quatre-vingts kilogrammes, à l'hôpital Clocheville de Tours, établissement de santé autorisé aux greffes de rein par l'agence régionale de santé après avis de l'Agence de la biomédecine.

Un rein sur un enfant de sexe féminin de six ans, cent-cinq centimètres, quinze kilogrammes, à l'hôpital Necker, à Paris 15ème, établissement de santé autorisé aux greffes de rein par l'agence régionale de santé après avis de l'Agence de la biomédecine.

Un foie sur une personne de sexe masculin de trente-quatre ans, cent-soixante-dix-neuf centimètres, soixante-quatorze kilogrammes, à l'hôpital du site Pontchaillou, à Rennes, établissement de santé autorisé aux greffes de foie par l'agence régionale de santé après avis de l'Agence de la biomédecine.

Un pancréas sur une personne de sexe féminin de quarante-deux ans, cent-soixante-quatre centimètres, cinquante-sept kilogrammes, à l'hôpital Saint Louis, à Paris 10ème, établissement de santé autorisé aux greffes de pancréas par l'agence régionale de santé après avis de l'Agence de la biomédecine.

Les tissus prélevés seront traités et stockés sur le site de la banque multi-tissus de l'Etablissement Français du Sang de Créteil jusqu'à ce qu'ils soient acheminés vers les chirurgiens greffeurs.

A l'hôpital Henri Mondor, c'était l'effervescence. Dès que l'équipe des coordinateurs du prélèvement avait été sur place, il avait fallu préparer la salle d'opération qui allait être occupée pour une durée de neuf heures, avec les entrées et sorties des différents acteurs et l'urgence des appels téléphoniques constitutifs à la synchronisation.

Et comme l'était tout prélèvement d'organes et de tissus sur un corps décédé, il fut maîtrisé d'une manière incroyablement rigoureuse. Le médecin réanimateur avait maintenu artificiellement l'activité des organes du donneur jusqu'à l'entrée en salle d'opération. Ceux-ci furent prélevés par les chirurgiens qui, chacun leur tour, validèrent le bon état physiologique de l'organe, délivrant ainsi la dernière condition de leur futur transport. Le coordinateur présent put en informer l'Agence qui transmit, une par une, la faisabilité de la greffe aux hôpitaux receveurs. Il en fut de même pour les tissus, qui seraient ensuite analysés et mis en quarantaine.

Le cœur, les deux poumons, les deux reins, le foie et le pancréas de ce jeune patient matriculé furent placés séparément en hypothermie dans des glacières spécifiques afin d'être transférés, en ambulance, en hélicoptère ou en train dans un conditionnement parfait vers les différents hôpitaux où les attendaient d'autres équipes, et surtout des patients pour lesquels une nouvelle vie allait pouvoir commencer. Les tissus, contrairement aux organes vitaux, seraient acheminés vers les banques.

La panseuse du bloc, accompagnée d'un aide-soignant et d'un coordinateur commença alors le travail final de restitution du corps, dans des gestes pétris de dignité et de respect avant que celui-ci ne soit transporté vers les pompes funèbres désignées par la famille. Elle ne savait rien de ce garçon, même pas son prénom, et elle n'en éprouvait d'ailleurs pas le besoin. Elle s'imprégnait de son essence, de son aura. Elle le remerciait de sa générosité tout en se souvenant qu'il avait été l'enfant d'un père et d'une mère, peut-être même un frère. Elle souhaitait que ses gestes, prodigués avec autant d'humanité, permettent à ses proches de faire de belle manière leur deuil.

Au même instant, dans une atmosphère plus mouvementée mais tout aussi soigneuse et consciencieuse, c'étaient six établissements hospitaliers qui se tenaient chacun prêts à accueillir le patient receveur et l'organe du donneur. Le chirurgien et son équipe se préparaient à procéder à l'opération. Les coordinateurs étaient là. Les médecins avaient accepté le greffon et avaient prévenu leur patient pour qu'il vienne à l'hôpital. Il allait falloir procéder aux examens préopératoires et avoir l'aval de l'anesthésiste. Chaque l'équipe savait qu'il existait toujours un risque, à la dernière minute, que la greffe ne puisse se faire. Le patient lui-même en était informé.

C'étaient trois femmes, deux hommes et un enfant. Ils étaient liés à la fois par l'Univers et par si peu de choses à la vie…

PARTIE 3

1

Il y avait école aujourd'hui, Lucas était parti, emmené ce matin par son papa Thomas qui l'avait déposé sur la route de son travail. C'était ainsi pour Laura une alternance de jours plus calmes avec ceux où Lucas, n'ayant pas classe, stimulait à lui seul ses capacités physiques et mentales d'une manière à la fois bénéfique et douloureuse.

- Il n'a que cinq ans, regarde comme il est accaparant. Il va t'épuiser, avait dit sa belle-mère venue lui rendre visite.
- Mais non, ne vous inquiétez pas. Cela fait maintenant plus de six semaines que je suis rentrée de l'hôpital et vous devez admettre que cela se passe plutôt bien. Même sa maîtresse à l'école m'a dit par téléphone que Lucas paraissait serein et détendu. Il semblerait même très à l'aise à dire de temps à autre que sa maman n'a pas encore eu son cœur et qu'il était encore comme l'un des petits enfants fourmis de l'histoire du docteur Wall qu'elle leur avait racontée en classe pour expliquer ce qu'était une transplantation.
- Ce n'est pas de Lucas que je te parle à l'instant mais de toi. Si Thomas pouvait l'amener chez nous, au moins le mercredi, cela te permettrait de te reposer. Nous te le disons depuis le début !

- Je sais, mais il est important pour moi comme pour lui que nous soyons ensemble. Il doit être partie prenante de cette étape de notre vie qui le marquera durablement, c'est sûr. Et puis il saura se passer de moi plus tard, lorsque je serai à nouveau à l'hôpital, ajouta-t-elle alors qu'elle en parlait si rarement.
- Tu as une idée de la durée probable de l'hospitalisation ? demanda doucement la maman de Thomas qui s'étonna soudain de ne jamais s'être posé la question, comme si le temps était une notion qui n'avait plus cours.
- Le professeur Nicolas m'a dit que si tout allait bien, je serais entre dix à quinze jours dans le service de réanimation, puis quinze à vingt jours dans le service de chirurgie cardiaque. Ensuite, continua-t-elle, si cela se passait sans difficultés majeures, je ferais un petit séjour en maison de convalescence. Je devrais être de retour, au final, deux mois après la greffe.
- Tout ira comme prévu, ne t'inquiète pas, lui dit sa belle-maman en lui tapotant la main.
- Je ne sais pas en fait de quoi j'ai le plus peur, continua Laura qui éprouva soudain le besoin de s'en confier. Cette attente me retranche du monde extérieur. Elle est motivée bien sûr, mais elle me ramène à ma solitude et à mon anxiété. C'est aussi pour cela que la présence de Lucas m'est bénéfique, elle me permet de m'échapper de cette réalité.

Le professeur Nicolas n'ignorait pas combien l'attente était difficile à vivre. Elle augmentait encore la précarité mentale et physique de ses patients qui étaient déjà bien évidemment fragilisés par la maladie. C'était là une vulnérabilité tellement inévitable qu'il avait abordé ce sujet de lui-même avec Laura et Thomas lors de leur dernier rendez-vous. Et ce d'autant plus qu'il avait compris que sa patiente était une personne qui avait auparavant un emploi du temps très chargé et qu'elle s'en plaisait. C'était une situation plutôt paradoxale pour elle que celle de se retrouver à ne rien faire tout en étant dans un autre rapport d'urgence. Il avait tenu à ce que Laura exprime tout cela pour essayer de prendre en compte ce mal-être de l'attente et l'accompagner au mieux. Mais bien évidemment, il ne pouvait en quantifier la durée.

- Et inexplicablement, poursuivit Laura avec la maman de Thomas, je crains, autant que je l'espère, l'instant où le professeur Nicolas m'appellera. J'ai peur d'un faux-espoir, qu'il me dise une fois arrivée à l'hôpital que la transplantation ne peut plus se faire.
- Pourquoi donc ? S'il te demande de venir c'est parce qu'il y a un donneur ?
- Oui bien sûr. Mais il m'a prévenu que la greffe serait soumise à des analyses de dernière minute. La moindre anormalité et tout serait annulé.
- Il n'y a pas de raison. Quand tu seras candidate à une greffe, tous les indicateurs témoigneront en ta faveur.
- Je sais oui. Mais il y a aussi la peur de mourir pendant l'opération, la peur du rejet de ce greffon par la suite. Et puis bien sûr…

- Bien sûr quoi ? dit-elle à voix basse pour l'inciter à poursuivre.
- La peur de ne pas m'habituer à sentir le cœur de quelqu'un d'autre battre dans ma poitrine... sans parler de qui est ce quelqu'un d'autre. Il est probablement vivant de l'heure qu'il est, et loin de se douter.
- Tu as raison Laura. C'est bouleversant tout cela. Ce sont toutes nos façons de penser d'avant qui se trouvent d'un coup sens dessus dessous. Je ne vais pas te cacher que chez nous aussi cela soulève de drôles de questions.
- Le professeur Nicolas nous a expliqué que l'évolution de la médecine avait restructuré notre manière de concevoir le corps, l'esprit, et même la mort avec cette notion de décès encéphalique et de survivance à travers l'organe. Et le problème, il nous l'a dit, c'est que le sujet est encore tabou car il est récent. Et puis surtout, peu de gens se conçoivent futurs donneurs ou futurs receveurs pour être prêts le moment venu. Moi la première croyez-moi !
- Ne te torture pas l'esprit outre mesure. Tu es bien prise en charge dans ce service. Et le professeur Nicolas est au fait de tous ces enjeux, il te comprend et il saura t'accompagner pour que tu le vives au mieux. Ce qui compte pour toi c'est l'espoir d'une vie nouvelle maintenant !
- Oui, c'est l'opération de la dernière chance, et je compte bien m'en saisir, répondit Laura, émue par l'authenticité de cet échange spontané avec sa belle-mère.

Il était important pour elle de pouvoir s'abandonner ainsi dans l'affection de ses proches. C'était une telle plongée dans l'inconnu et dans l'incertain que, même si son cadre de vie était sécurisant, elle se sentait parfois happée par toute une angoisse éthique et métaphysique. Elle avait aussi besoin de ressentir dans l'amour des autres que ses questions étaient légitimes.

Lorsque sa belle-mère quitta l'appartement il était déjà 15 heures.

« Il me reste deux heures avant le retour de Thomas et Lucas, je vais en profiter pour m'allonger un peu, c'est important. » se dit-elle en s'obligeant à lâcher prise. « Se suspendre sans pour autant démissionner. » lui avait dit le professeur Nicolas. Cela était devenu son sésame, ou du moins une sorte de leitmotiv sur le chemin de sa résilience.

Laissant aller sa vulnérabilité, c'est dans un étrange sas entre éveil et somnolence, les paupières à peine fermées, qu'une violente sensation de retour au réel l'électrisa. Le téléphone sonnait et sa vibration lui sembla instinctivement impérieuse.

- Bonjour Laura, c'est le professeur Nicolas. Venez tout de suite, c'est sans doute pour aujourd'hui. On a un cœur pour vous.

L'appel fut aussi bref qu'il fut foudroyant. Cet homme qui était d'ordinaire si volubile avait prononcé sa sentence d'une voix certes chaleureuse mais portée par l'urgence. Il n'y avait pas une minute à perdre et Laura n'avait, grâce à cela, ni le temps ni la capacité de ressentir elle-même le chaos émotionnel qui aurait dû être le sien.

- Thomas, c'est moi, dit-elle sur son répondeur. J'appelle le taxi, le cœur est là.

Et c'est en délivrant ces mots qu'elle en éprouva l'incroyable existence.

2

Ignorant encore tout de cet appel, Joëlle, la maman de Thomas, rentrait chez elle, songeuse. La maladie de sa belle-fille et l'irruption de l'idée d'une transplantation sur personne décédée avaient été pour elle, comme pour l'ensemble de la famille, un gigantesque cataclysme. Ils avaient probablement entendu parler du don et greffes d'organes, comme tout un chacun, mais sans véritablement y prêter attention. Cela ne les concernait pas vraiment, croyaient-ils. Laura l'avait bien dit elle aussi. Et puis ce jour-là, tout avait basculé. Un appel de Thomas, d'abord, pour leur dire que Laura était à l'hôpital, et puis, très vite, dans les jours qui avaient suivi, l'annonce de la nécessité d'une greffe de cœur. Il leur avait fallu prévenir la famille plus élargie, ainsi que l'entourage de manière générale. C'était là qu'avait commencé alors le déferlement des paraphrases et des interprétations en tout genre. Chacun avait son avis à livrer sur un constat médical qui n'en attendait pourtant aucun. Il y avait ceux qui les soutenaient et qui, malgré la souffrance, savaient mettre en lumière la noblesse du don et l'espoir d'une vie nouvelle. Il y avait ceux qui habillaient le silence par des attitudes souvent maladroites et des mots inutiles. Il y avait enfin ceux qui exprimaient leur méfiance, parfois leur suspicion sur ce procédé thérapeutique qu'ils ressentaient comme étant contraire au respect de l'intégrité du corps. Ces derniers étaient pour certains prêts au dialogue, d'autres plus fermés, voire médisants. Joëlle et Lucien son mari avaient, dans l'épreuve, saisi une facette de la personnalité humaine qui les avait à la fois affermis et fragilisés.

Lucien avait ressenti le désir d'interroger la position des confessions religieuses et plus particulièrement celle des prêtres catholiques, car il se sentait proche de la paroisse à défaut d'en être membre actif. Sa démarche n'était pas dans le but de s'y soumettre coûte que coûte, la vie de sa belle-fille lui étant en toute conscience bénie. Mais il était curieux de savoir comment la question du corps, du don post-mortem et de la transplantation était appréhendée. Dans son cheminement, il était déconcerté de réaliser d'ailleurs à quel point il avait jusque-là ignoré ce sujet qui lui semblait maintenant si fondamental.

- L'Eglise catholique n'a jamais fait obstacle au principe du prélèvement post-mortem, et donc de la greffe, avait répondu le Père Emile, le prêtre de la paroisse. Même s'il n'avait pas attendu cette date pour le faire, le pape Jean-Paul II, en août 2000, l'avait exprimé lors d'un congrès. Comme je savais pourquoi tu venais me voir, j'ai même retrouvé et noté un extrait de son discours qui me parait le plus parlant : « Il faut insuffler dans le cœur des personnes (…) un amour qui puisse trouver une expression dans la décision de devenir un donneur d'organes. »
- Et cette position est notifiée officiellement quelque part ? avait demandé Lucien.
- Oui, dans le Catéchisme de l'Eglise Catholique. Je vais te le laisser si tu souhaites le parcourir, j'ai mis un marque-page.

Tu prêteras particulièrement attention aux paragraphes 2296 et 2301. Il n'y a aucune remise en question sur le principe du don, mais celui-ci doit être consenti et éclairé. C'est d'ailleurs ce qui a amené l'Eglise à clarifier la loi concernant le consentement présumé, qui lui semblait contraire à cette nécessité de discernement. Les gens, qu'ils soient chrétiens ou non, devraient en parler en famille. Cela allégerait la souffrance et les cas de conscience des proches endeuillées. Il faudrait également que la population soit informée de ce que signifie la mort cérébrale. Maintenir le respirateur artificiel puis le débrancher n'est en rien comparable à la question de l'euthanasie. C'est un autre débat. Mais la confusion est souvent faite.

- Et qu'en est-il des autres religions ? questionna Lucien.
- Les religions monothéistes se prononcent favorables au don post-mortem, ordonnant la vie avant toute chose. Certaines réserves subsistent parfois quant à l'intégrité du corps inhumé mais l'Agence de la biomédecine est pourtant catégorique sur ce point, le corps du défunt est restauré et rendu à la famille qui peut procéder aux rites funéraires qu'elle a choisis.

Lucien, qui pour autant ne se serait pas subordonné à la réponse du prêtre si celle-ci avait été contraire à ce qui lui semblait juste, avait apprécié cette conversation. Cela lui avait aussi permis de pouvoir distiller autour de quelques personnes plus ou moins détractrices les arguments institutionnels. Il avait surtout pris conscience de l'importance effectivement de briser le caractère tabou de ce sujet pour que chacun accède, durant son vivant, à ce niveau de discernement et d'introspection dont lui avait parlé le Père Emile. Il en serait porte-parole.

C'était pour Joëlle et Lucien un processus d'évolution psychique et spirituelle incommensurable. Et Joëlle, tout en rentrant chez elle après ce moment partagé avec Laura, s'en fascinait encore. D'autant plus que sa belle-fille avait étendu les confidences jusqu'à ces questions existentielles qui finalement, dépassaient l'aspect purement physique de son épreuve. Et même s'il lui paraissait difficile de s'en émerveiller dans le contexte si compliqué de la maladie de Laura, Joëlle était troublée de découvrir à quel niveau d'amour et de générosité l'humanité blessée était capable de s'élever. Elle pensait à toutes ces familles dans la peine qui avaient le courage de valider un tel partage au moment où la vie leur prenait ce qu'elles avaient de plus cher. Et grâce à l'une d'entre elles, Laura serait sauvée et Lucas grandirait avec sa maman à ses côtés. Avant même d'avoir vécu cette étape, Joëlle leur en était à toutes profondément reconnaissante.

En arrivant chez elle, chamboulée par toutes ces délibérations intérieures qui l'avaient accompagnée en chemin, elle trouva son mari Lucien comme figé sur son fauteuil.

- Qu'est-ce que tu fais ? Tu as l'air de quelqu'un qui vient de croiser un fantôme, lui dit-elle en souriant malgré elle.
- J'ai reçu un SMS de Thomas.
- Qu'est-ce qu'il te dit ? Car tout va bien, j'étais avec Laura, répondit-elle.
- Regarde, lui dit-il en lui montrant son téléphone, les larmes aux yeux.

« *Laura vient de m'appeler. Un cœur est arrivé. Elle appelle un taxi et je la rejoins à La Pitié. Merci de vous occuper de Lucas.* »

- Ce n'est pas possible, j'étais avec elle il n'y a même pas vingt minutes ! s'écria Joëlle, complètement abasourdie.
- Le professeur Nicolas n'aura pas eu besoin de vingt minutes pour lui annoncer cela ! Tu devais être juste partie quand son téléphone aura sonné. Tu te rends compte Joëlle ? Ça y est ! Laura a un cœur ! Laura a un cœur ! commença presqu'à chanter Lucien qui soudainement sortait de son état de choc.
- Tu sais, c'est idiot, se mit à rire Joëlle à travers les larmes qui commençaient à couler, mais j'ai l'impression d'être en train de revivre le moment où Thomas nous avait annoncé la naissance de Lucas !
- C'est vrai, on était comme ça, comme deux enfants ébahis par la beauté de l'existence, à ne pas savoir quoi faire de leur émotion, balbutia Lucien tout aussi chamboulé que son épouse. C'est comme une naissance finalement !

Une naissance ou une renaissance. Lucien avait dit le mot juste. Un cœur pour Laura, le plus beau cadeau de la vie, qu'un inconnu venait de lui offrir. Et au moment où ils s'apprêtaient tout excités et anxieux à la fois à quitter leur maison pour aller chercher Lucas à la sortie des classes, Lucien entendit Laura murmurer pour elle-même : « Merci ! »

3

Lorsque la maîtresse vit Théo, le papa de Laelynn, se présenter au portail de l'école tout excité, elle comprit immédiatement ce que cela signifiait et sentit pour eux tous son cœur s'accélérer d'émotion. Laelynn était en classe aujourd'hui, ce n'était pas un jour de dialyse, et elle était concentrée sur son activité de numération en train de regrouper des allumettes par dizaines. L'enseignante regarda spontanément l'heure sur la pendule de la classe, il était 15h30 et elle savait que cet instant serait à tout jamais indélébile dans la mémoire de l'enfant.

- Maîtresse, il y a le papa de Laelynn qui arrive avec la directrice ! s'écria un enfant de la classe.
- Oui, j'ai vu. Laelynn, je pense que tu vas devoir préparer tes affaires et partir, dit-elle en essayant de ne pas marquer son propre trouble devant les enfants.
- Mais pourquoi ? Je n'ai pas de rendez-vous cet après-midi, s'étonna Laelynn.

Heureusement, l'entrée dans la classe de la directrice pour appeler l'enfant dispensa la maîtresse de devoir lui répondre. Ils ne restèrent dehors que le temps de lui annoncer qu'un rein venait d'arriver pour elle à l'hôpital. La solennité de l'instant était intuitive, c'étaient vingt-huit élèves immobiles qui regardaient ce qui se passait derrière la porte vitrée. Leur silence à tous était incroyablement émouvant. Et combien fut encore plus saisissante leur réaction spontanée lorsque Laelynn revint dans la classe en leur annonçant qu'elle partait se faire opérer : ils se mirent tous à applaudir. Alors que les yeux brillaient chez les adultes, c'était d'un coup un déferlement d'agitation chez les enfants. Laelynn quitta la classe à toute vitesse, le temps de prendre son vêtement seulement. « On s'occupera de ton cartable plus tard. » avait dit la directrice. Il n'y avait même pas cinq minutes, les enfants étaient encore en pleine séance de travail, et là, Laelynn quittait l'école en faisant des grands signes d'au revoir à ses camarades qui la portaient par des véritables acclamations !

- Elle est partie presqu'aussi vite que quand on fait l'exercice incendie ! s'extasia un garçon de la classe.

L'excitation était à son comble et la maîtresse bouleversée par l'expression si généreuse de ses jeunes élèves. Elle avait l'habitude de leur spontanéité mais s'en laissait pourtant toujours surprendre. Il n'était évidemment plus question de poursuivre la séance de numération. Un temps de rassemblement et d'expression s'imposait, durant lequel chacun put formuler ses émotions, ses questions et ses peurs. L'idée qu'il eut fallu aujourd'hui la mort de quelqu'un pour venir guérir leur camarade les perturbait beaucoup. Ils avaient compris qu'en même temps que ce moment était heureux pour eux, il y avait une famille dans la peine.

- On pourrait faire un dessin pour leur dire merci ? avait proposé l'un d'entre eux.

C'était là leur compassion, leur grandeur d'âme propre à l'enfance. Et tout en les félicitant de leur gentillesse, la maîtresse privilégia la reconnaissance bien plus que le chagrin. Elle valorisa surtout l'allégresse de cette journée et la chance que celle-ci offrait à Laelynn qui devrait, si tout se passait correctement, retrouver une qualité de vie quasi-normale, sans dialyse.

C'étaient ces mêmes sentiments d'ivresse et de consolation qui s'étaient emparés de Théo d'abord, puis de Julie ensuite, à l'appel de la doctoresse. Théo était en classe lui aussi lorsque son portable avait sonné. Celui-ci était toujours posé sur le bureau, il s'en était expliqué auprès de ses élèves. Elle avait été très brève, portée par l'urgence. « Nous vous attendons à l'hôpital Necker, il y a un rein pour Laelynn. Soyez-y le plus vite possible. » Il ne se souvenait même pas avoir pris le temps de lui répondre. Cela avait presqu'été comme un mot de passe, prononcé à la hâte, clandestinement. Il avait alors appelé Julie pour qu'elle prenne le sac de Laelynn, et lui dit qu'ils allaient se retrouver tous les trois là-bas, après qu'il eut été chercher leur fille à l'école. Ils savaient que lorsque le grand jour arriverait, il faudrait tout quitter dans l'urgence, même si le rein était un organe qui pouvait se maintenir en état de fonctionnement plus longuement que le cœur par exemple. « Plus nous serons rapides à greffer, plus les chances de réussite seront maximales. » leur avait dit Madame Martin. Alors Julie était partie aussitôt, elle serait même probablement arrivée la première. Elle avait pensé bien sûr prévenir ses parents et ses beaux-parents mais elle le ferait plus tard. L'attente de toute façon serait longue, elle aurait le temps. « L'opération devrait durer entre deux à trois heures. » les avait prévenus la doctoresse. C'était tout cela qui se bousculait dans sa tête au fur et à mesure qu'elle approchait de Necker. Elle essayait de ne pas céder à la panique, s'inquiétant surtout de savoir comment Laelynn vivait les choses dans la voiture de son père.

Si elle avait pu la voir, elle en aurait été rassurée. Celle-ci s'était aussitôt investie dans cette perspective, dont l'annonce avait pourtant été brutale. Il faut dire qu'elle avait été habituée très tôt au milieu hospitalier, ce qui faisait d'elle une enfant confiante et malléable. L'accompagnement des soignants, et particulièrement celui sans faille de Madame Martin y était pour beaucoup. Laelynn avait une compréhension pragmatique de sa maladie et savait, avec des images simples, quels étaient les enjeux de sa greffe sur sa santé et son quotidien. Aussi en avait-elle accepté le principe sans craindre trop les douleurs éventuelles des premiers jours dont lui avait parlé la doctoresse.

Sans doute était-elle toutefois plus volubile que d'habitude à l'arrière de la voiture. Un amalgame d'excitations par le fait d'avoir ainsi été soutenue par la classe et par celui d'être partie si précipitamment. Mais déjà, c'était à l'hôpital et au service pédiatrique des insuffisants rénaux qu'elle conférait toute son énergie.

- T'imagine, Papa, quand Florent et Maria vont savoir que je suis greffée ! Florent a commencé les dialyses avant moi, il aurait dû recevoir un rein en premier, dit-elle.
- Tu sais bien que ce n'est pas comme cela que ça se passe. Cela dépend de plein d'autres choses, répondit Théo.
- Oui je sais, mais quand même, ce n'est pas juste, ajouta-t-elle.

« Mais rien n'est juste dans tout cela, ni ta maladie, ni celle de Florent, ni la mort du donneur. » se dit Théo en son for intérieur, tout en essayant de tenir à distance cette vague à l'âme pour ne nourrir en cet instant que son soulagement et sa positivité. C'était aujourd'hui la promesse d'une vie nouvelle pour sa fille.

4

C'était au même instant dans différents hôpitaux plusieurs équipes qui se mettaient en action méthodiquement et efficacement pour accueillir chacune un organe et son receveur. La communication et la coordination en étaient leurs maîtres-mots, ainsi que l'adaptabilité, la réactivité et le sang-froid. Toute minute comptait et leur enchaînement devait être parfaitement orchestré, dans le calme et la fermeté. Et alors que personne ne savait quels étaient les autres hôpitaux agissant au même moment, chacun pour autant ressentait dans ses gestes et dans ses actes qu'il évoluait à l'unisson d'une véritable corporation solidaire et homogène, bien plus vaste que leur simple unité. Ils avaient de commun l'accueil d'un même don et plusieurs vies à sauver, chacune à un endroit particulier du territoire.

A Saint Denis, l'Agence de la biomédecine supervisait fébrilement ces différentes trajectoires. Alors qu'un hélicoptère se préparait à se poser sur le plateau d'urgence de l'hôpital de Rennes avec un foie, c'était un train qui s'acheminait à toute allure vers celui de Tours avec un rein. Deux poumons étaient arrivés en ambulance sur le parvis de l'hôpital St Joseph du Plessis Robinson en Ile de France et une équipe était actuellement en train de recevoir un pancréas à l'hôpital St Louis.

Ils s'appelaient François, Dominique, Mireille et Léa. Eux non plus ne se connaissaient pas, mais ils avaient en commun, avec Laelynn et Laura, d'avoir reçu entre 15 heures et 15 heures 15 ce même jour l'appel téléphonique qui devait les sauver. François était arrivé au dernier stade d'une maladie congénitale du foie. Il savait que sans donneur compatible dans les prochaines semaines il était perdu. Il n'avait pourtant que trente-quatre ans. Dominique espérait qu'un rein lui serait offert, pour sortir des dialyses qui réduisaient sa qualité de vie à une triste survivance. La transplantation d'un pancréas sain était le seul remède potentiel qui restait à Mireille, pour qui le diabète était arrivé à l'état de complications extrêmes. Et Léa, dont la mucoviscidose s'était dégradée à l'âge de quinze ans, savait qu'une greffe des deux poumons était pour elle la promesse d'une véritable renaissance. Six vies, parmi les onze-mille en attente urgente, à qui l'on destinait aujourd'hui l'organe libérateur.

Chacun d'entre eux avait vécu la réception de l'appel à sa manière. Entre l'incrédulité, la joie, l'excitation, la panique, le soulagement, c'était une kyrielle d'émotions sur lesquelles l'urgence ne permettait même pas de s'attarder. Les équipes chirurgicales préparaient du mieux possible les patients à devoir gérer ce moment crucial, et les sacs respectifs étaient prêts depuis longtemps. François avait quitté sa maison sans prévenir personne, c'était son choix, alors que Mireille s'était agitée dans tous les sens à téléphoner à son compagnon, à ses parents et à ses deux meilleures amies. Dans la maladie, comme dans tous les états de la vie, le tempérament s'exprimait de manière individuelle et distincte. Mais si chacun avait eu sur le coup un réflexe qui lui était propre, il était toutefois comme une vérité qui faisait d'eux les chaînons d'une même lignée humaine, c'était le sentiment inouï d'une reconnaissance inégalable. Aucun n'oubliait qu'il s'agissait d'un don qui leur était fait.

Et alors que tout s'accélérait dans les hôpitaux, Luc, Mélanie et Maxence ne furent d'abord présents que tous les trois pour se recueillir devant le corps de Gaspard. Il avait été revêtu de l'habit qu'ils avaient donné à la demande des pompes funèbres. Il n'y avait plus cette fois-ci de signes visibles d'une vie qui n'avait été maintenue que par un respirateur artificiel pendant vingt-quatre heures. La réalité de la mort de Gaspard était là. Son visage semblait en paix mais leur douleur à eux était infinie. Les dons qu'ils avaient permis leur étaient en cet instant immatériels et disjoints de leur malheur.

Chaque organe et chaque patient étaient arrivés à leur destination respective. L'Agence de la biomédecine assurait à la perfection son rôle d'intermédiaire entre les équipes de transport du conteneur thermique et les nouvelles équipes de coordinateurs sur place. La tension était palpable, la confiance tout autant Chaque professionnel était investi d'une mission particulière. Aucun d'entre eux n'occultait la mort mais ils se savaient tous ensemble au service de la vie.

Le professeur Nicolas était de ceux-là. Il était né en 1968, l'année où le professeur Cabrol avait réalisé la première greffe cardiaque en Europe, justement à la Pitié Salpêtrière. Etait-ce un signe du destin penché sur son berceau ? Il aimait s'en amuser. Lui-même fils d'un cardiologue, il avait toujours été fasciné par cet organe qui lui semblait aussi insaisissable que vital. Petit, il se plaisait même à croire que son père soignait les maladies d'amour. L'adolescence et ses premiers déboires avaient heureusement rapidement rendu les choses plus rationnelles mais son véritable envoûtement pour ce muscle essentiel lui était toujours resté. Et s'il s'était très vite destiné à la médecine et à l'exercice de cette même spécialité que celle de son père, il n'avait jamais alors imaginé qu'il deviendrait chirurgien transplanteur. C'était sans compter sur ce lien particulier que le destin avait visiblement tissé entre le professeur Cabrol et lui. Pris en stage en 1990 dans le service de cardiologie de la Pitié, il avait assisté au départ du professeur après une longévité de trente-deux années dans l'hôpital dont les dix-huit dernières en tant que chef de service de la chirurgie cardiaque. Il n'avait jamais oublié l'hommage qui lui avait été rendu lors de sa soirée de départ par de très nombreux chirurgiens français et étrangers. Outre ses grandes innovations médiatiques, c'étaient sa passion et sa personnalité qui l'avaient séduit. Jeune étudiant, il avait compris ce jour-là que le professeur Cabrol demeurerait à jamais son modèle. Et bien que se sachant trop insignifiant pour en oser la comparaison, il avait fait intérieurement ce vœu d'exemplarité. Aujourd'hui encore, devenu à son tour chirurgien transplanteur dans ce même hôpital, le portrait du professeur était dans son bureau. Son idéal de vie aussi. Et chaque année, c'étaient entre quatre-vingt et quatre-vingt-dix greffes de cœurs qui se réalisaient au sein de la Pitié Salpêtrière.

Aujourd'hui, il s'apprêtait à transplanter un cœur sain dans la poitrine d'une jeune femme, Laura. Il s'était attaché à elle comme à chacune et chacun de ses patients, à son histoire qu'il avait jugée brutale tant cette myocardiopathie s'était signalée soudainement, et surtout sans autre échappatoire que la greffe. Chaque transplantation était unique. Le professeur Nicolas s'apprêtait à la vivre avec beaucoup d'humilité. Il lui était déjà arrivé de ne pas parvenir à sauver une vie. Et c'étaient des défaites qui le tourmentaient toujours.

5

Laura avait été rassurée d'avoir retrouvé Thomas moins d'une heure après son entrée dans le service. Celui-ci était arrivé souriant et malgré les signes évidents d'une excitation qu'il cherchait pourtant à camoufler, cette jubilation sur son visage lui était réconfortante.

- Je suis parti du travail dès que j'ai reçu ton SMS, tu n'imagines pas comme je suis content ! lui dit-il pour lui garantir cette sérénité.
- Et Lucas ? Tu as prévenu quelqu'un ? s'inquiéta Laura qui n'avait cessé depuis son départ de vouloir continuer à tout organiser à distance.
- Aucun problème, j'ai prévenu mes parents. Ils vont le chercher à la sortie de l'école. Ne t'en fais pas, tout va bien se passer, le jour tant attendu est arrivé ! Et lorsque le professeur sera en train de te poser un joli cœur tout neuf, j'appellerai tes parents et nos amis. Tout le monde va être tellement content.

L'enthousiasme de Thomas n'avait d'égal que son appréhension, mais d'un accord allant de soi, Laura comme Thomas s'engageaient à prodiguer la confiance à tout va pour s'en fortifier.

- Tu as vu le professeur Nicolas ? lui demanda Thomas

- Bien sûr, c'est lui qui est venu m'accueillir. Il m'a tout expliqué. J'ai déjà passé quelques examens, sanguins et tout ça, mais heureusement beaucoup moins nombreux que les bilans pré-greffes d'il y a quelques semaines. Je n'ai pas de contre-indication temporaire. Je devrais pouvoir être greffée, sous réserve que le professeur juge la qualité du cœur suffisante.

A peine Laura avait-elle fini que toute une équipe arriva dans le box.

- On vous emmène pour les dernières préparations, et vous partirez au bloc juste après, lui dit un jeune infirmier. Le professeur a donné le feu vert. Monsieur, vous pouvez accompagner votre épouse jusqu'à l'entrée du bloc. Ensuite, ce sera entre elle et nous ! ajouta-t-il avec un clin d'œil tellement empreint de sympathie.

La vitesse avec laquelle s'enchaînaient les évènements était étourdissante. Le professeur Nicolas les avait prévenus de cela car le temps de survie de l'organe entre le prélèvement et la transplantation était très limité. Quatre heures pour un cœur seulement. Thomas admirait pour autant le calme et la sérénité avec lesquels tout cela semblait se dérouler. A peine Laura avait-elle été préparée, lavée, désinfectée, rasée qu'une nouvelle personne arriva.

- C'est le moment de venir avec nous, lui dit-elle. Le professeur Nicolas vous attend en salle d'opération. Tout y est prêt pour vous accueillir. Et vous Monsieur, vous pouvez attendre des nouvelles dans le local de jour si vous le souhaitez mais nous vous conseillons de rentrer à la maison. Nous vous avertirons bien sûr lorsque ce sera terminé. Vous comptez entre cinq et huit heures.

Laura eut à peine le temps de voir le baiser de la main de Thomas que les portes automatiques du bloc se refermaient derrière son brancard. Tout était réfléchi, organisé et synchronisé. Le professeur Nicolas était là. Laura reconnut sa voix chaleureuse derrière son accoutrement de chirurgien. Elle eut juste le temps de faire connaissance avec l'anesthésiste que celui-ci déjà lui murmurait un doux « A tout à l'heure » en injectant son produit. Laura perdit conscience tout en chuchotant le prénom de Lucas.

Thomas avait été bien préparé à vivre cet instant, ce qui lui avait permis d'anticiper sa ligne de conduite. Il avait convenu avec Laura qu'il ne resterait pas à tourner en rond autour du bloc pendant des heures mais qu'il rentrerait à la maison. Ils avaient tous les deux suffisamment confiance en l'équipe du professeur pour savoir qu'il serait mis au courant dès que possible de l'évolution des évènements. Et puis il y avait Lucas qu'il convenait de ne pas perturber davantage. Mais Thomas mesurait l'écart entre l'idée que l'on pouvait se faire d'une réalité et son expérience elle-même. Il avait tant de mal à s'extraire de ce lieu et à y laisser Laura. Il se contenta dans un premier temps d'envoyer un SMS à ses parents pour leur signaler que Laura était entrée au bloc et qu'il allait d'abord prévenir quelques proches avant éventuellement de les rejoindre.

« *Ne t'en fais pas. Nous venons de rentrer avec Lucas. Il est détendu.* » lui répondit son père sur le même mode.

Thomas se dirigea vers le hall de l'hôpital pour se servir un café et s'assit tranquillement sur l'une des banquettes pour envoyer quelques messages aux proches de Laura. Les mots de soulagement et d'encouragement qu'il reçut aussitôt en retour lui firent du bien. Curieusement il se sentait, dans ce lieu, en osmose avec ce qu'il était en train de vivre. L'idée de reprendre sa voiture et de se faufiler dans le flux parisien l'angoissait, c'était comme s'il s'agissait d'un véritable monde parallèle dans lequel il n'avait pas sa place. Alors il téléphona à Françoise, l'amie de Laura. Aucun SMS ne pouvait remplacer la parole. Dialoguer avec elle fut un réel soulagement et il put ainsi mettre des mots, en guise de réponse aux questions de Françoise, sur ce qu'il venait de vivre.

- Je suis à la fois heureux et terrorisé, lui dit-il.
- C'est normal Thomas. Nous le sommes tous aussi mais il faut cultiver avant tout l'évènement heureux de cette deuxième chance. C'est un cadeau exceptionnel. Bien sûr qu'il y a des risques mais c'est justement cela le propre de la vie. Laura va vivre !
- Tu te rappelles ce que m'a dit Lucas, que peut-être elle ne nous aimera pas comme avant avec son nouveau cœur, s'enhardit à lui confier Thomas.
- C'est sûr qu'elle ne sera plus la même ! confirma Françoise. Cela ne viendra pas du cœur du donneur mais de l'épreuve que vous aurez vécue pendant ces quelques semaines. L'existence aura une saveur beaucoup plus belle et Laura vous aimera encore davantage. Allez Thomas, tu vas voir que tout va bien se passer. Cette journée, c'est l'une des plus belles de votre vie puisque ce nouveau cœur qui lui est offert va la sauver. Votre existence ne vous suffira pas pour exprimer toute votre reconnaissance !

Françoise avait raison et Thomas le savait. Il lui fallait passer l'étape de cette transplantation et de cette ultime attente. Fort de cet échange, il décida finalement de téléphoner à ses parents puis à ses beaux-parents afin de partager des mots, des émotions au-delà d'une simple transmission d'informations. Il avait prévenu ses parents qu'il décidait finalement de ne pas rentrer avant d'avoir eu des nouvelles.

- Je ne me vois pas ailleurs qu'ici, avait-il dit. Et Lucas n'a pas besoin de sentir mon impatience. Il est mieux avec vous. Laura ne m'en voudra certainement pas de ne pas avoir respecté ce que nous avions prévu.
- Tu as raison Thomas, reste donc là-bas, nous t'y savons en sécurité. Et Lucas est très bien ici, avait répondu Lucien.

C'était la même empathie qu'il avait ressentie de la part de ses beaux-parents. Il se sentait soutenu dans cette épreuve qu'il leur était commune et chacun essayait de la vivre du mieux possible.

L'opération avait quand même duré cinq heures et quarante-cinq minutes. Thomas avait alterné entre le hall d'entrée de l'hôpital, le parc et le local de jour du service. Entre quelques cafés et les biscuits framboise du distributeur, le temps avait passé ainsi, et paradoxalement, plus celui-ci s'écoulait, plus Thomas se sentait apaisé. Il était dans le local de jour du service lorsque la porte étanche du bloc opératoire s'ouvrit, laissant sortir un infirmier coordinateur.

- Vous êtes restés là tout ce temps ? s'étonna-t-il en voyant Thomas. Ne bougez pas, le professeur Nicolas arrive à l'instant.

Thomas n'eut à peine le temps de lui répondre qu'effectivement, le professeur arriva en enlevant son masque chirurgical pour laisser apparaître un visage accompli.
- Le cœur est reparti, il s'est aussitôt adapté, ne vous en faites pas, tout s'est très bien passé, dit-il en lui posant la main sur l'épaule. Nous allons conduire votre femme aux soins intensifs pour la surveillance et l'administration des traitements. Elle va encore être endormie par l'effet des anesthésiants et cela lui permettra aussi de récupérer. Mais tout va bien, c'est l'essentiel. Le cœur bat.

Thomas était dans l'instant incapable de prononcer le moindre mot tant sa gorge était serrée et son émotion intense. Le professeur Nicolas connaissait ces yeux emplis de larmes qui signifiaient tellement plus encore. Et c'était ce silence qui nourrissait. Non pas lui le médecin, mais sa reconnaissance envers la science qui parachevait la capacité de donner au-delà de la mort. Une vie venait d'être sauvée.

6

Théo et Julie étaient impressionnés par la sérénité de leur petite fille au moment où ils entraient ensemble dans le service du docteur Martin. Elle semblait s'inquiéter davantage pour ses amis d'infortune au centre de dialyse que pour ce qui l'attendait.

- La maladie a toujours fait partie de sa vie, avait expliqué la doctoresse. Aussi, Laelynn n'en a pas la même représentation.

Et elle n'avait que six ans, avec sa manière propre à l'enfance d'appréhender et d'expérimenter le monde. Elle avait pour autant bien compris que, si la greffe fonctionnait, celle-ci stopperait les dialyses. Et à raison de trois séances par semaine, cela n'était vraiment pas négligeable. Elle savait que cette opération allait améliorer sa santé et que ses parents seraient présents pour la protéger. Théo et Julie étaient profondément reconnaissants envers tout le personnel de l'hôpital qui lui avait expliqué tout ce qui allait se passer avec beaucoup de pédagogie, et particulièrement Madame Martin. Le mensonge lui avait toujours été épargné. L'anesthésiste, rencontré lors des bilans de pré-greffe, avait utilisé une poupée de chiffon pour l'informer, lui montrant où serait injecté le produit et les différents tuyaux présents sur son corps en se réveillant. Laelynn était presqu'en terrain connu en arrivant avec ses parents.

L'ambiance était pour autant différente et cette nuance était palpable. On pressentait l'urgence, sans excitation mais avec plus de gravité que d'habitude. Madame Martin tenait pourtant à bien reformuler les choses auprès de Laelynn et devant ses parents.

- C'est aujourd'hui le grand jour pour toi, avait dit Madame Martin satisfaite, et cette désignation en disait long sur l'enjeu de cette transplantation. Nous avons eu un rein qui a été apporté ici spécialement pour toi Laelynn. Nous t'avons expliqué, il s'agit d'un donneur qui est décédé. Ce n'est pas forcément un enfant car tu fais plus de dix kilos et tu peux recevoir le rein d'un adulte. Tes parents et toi, ainsi que nous tous, nous devons être contents. Non pas parce que quelqu'un est mort, mais parce que lui ou sa famille ont dit oui pour que son rein soit donné. Peut-être que son deuxième rein a été offert à quelqu'un d'autre s'il était aussi en bon état. C'est l'avantage de pouvoir vivre avec un seul rein alors qu'on en a deux. Toi, à partir de maintenant, tu pourras grandir presque comme tout le monde avec celui qui t'est donné. Comment tu te sens aujourd'hui ?
- Ça va, tout le monde était content à l'école quand Papa est arrivé pour venir me chercher.
- Bien sûr Laelynn que tout le monde est content, tu verras comme ce sera mieux pour toi après cette opération. On va maintenant t'emmener dans une petite salle près du bloc opératoire pour te préparer, nettoyer ta peau, et tu vas partir au bloc opératoire où tu retrouveras le docteur qui doit t'endormir. Tu peux faire un gros bisou à Papa et

Maman, mais tu les retrouveras très vite, juste après t'être réveillée.

Le docteur Martin avait fait le choix depuis longtemps de ne pas conduire les parents jusqu'à la porte du bloc opératoire. La plupart du temps c'étaient eux les plus angoissés et leur attitude était souvent anxiogène pour leur enfant. Aussi Théo et Julie se séparèrent-ils de Laelynn à cet instant et grâce à la doctoresse qui sut ne pas faire durer l'au revoir, la petite fille n'eut pas le temps de voir les larmes commencer à couler sur les joues de ses parents.

L'opération devait durer entre deux et trois heures. Théo aurait souhaité quitter l'établissement pour aller marcher dans les rues et s'étourdir de leur agitation. Julie, elle, ne voulait pas s'éloigner de Laelynn.

- On pourrait aller à la cafétéria des dialyses pédiatriques, proposa-t-elle. Il y a sûrement des familles que l'on connaît à qui l'on pourrait donner de l'espoir en disant que Laelynn a été appelée.
- Non Julie, attendons d'abord que l'opération soit faite et réussie. Bien sûr que j'espère de tout mon cœur que ce sera le cas, mais n'oublie pas que nous avons été prévenus que certaines greffes ne fonctionnaient pas et que les malades retournaient aux dialyses.
- Théo ! répondit-elle presque choquée. On ne peut pas dire ça aujourd'hui, il faut y croire à tout prix !
- Mais j'y crois Julie, j'y crois tellement fort. Ce n'est pas pour cela qu'il faut en oublier notre prudence. On sera soudés quoi qu'il arrive.

La situation de Laelynn avait décidément, depuis le début, induit des réactions différentes chez Théo et Julie. Mais heureusement, ils avaient su verbaliser l'un et l'autre leurs émotions et avaient appris à reconnaître et accepter leurs particularités respectives. Julie dut en cet instant accueillir le réalisme qu'elle jugeait écrasant de Théo et lui, ne pas condamner cette sorte de refoulement de son épouse qui pourtant le contrariait. Ce furent finalement les appels qu'ils devaient donner à leurs parents qui les réunirent. Chacun reçut avec beaucoup de soulagement la nouvelle de l'hospitalisation de Laelynn. Théo et Julie se sentaient les messagers d'une bonne nouvelle, une émotion contagieuse qui leur permit d'attendre malgré tout assez sereinement que Madame Martin vienne enfin les retrouver.

- L'opération s'est très bien déroulée. Le rein était hautement compatible et il a été implanté sans difficulté dans la fosse iliaque.
- Merci Docteur, merci Docteur balbutiaient en même temps Théo et Julie. Et Laelynn, elle n'a pas trop mal ? Comment va-t-elle ?
- Ne vous inquiétez pas. Elle est encore intubée car elle n'est pas réveillée. C'est normal, l'intervention est juste terminée. Un cathéter est posé dans la vessie pour quelques jours mais le nouveau rein a tout pour se mettre à fonctionner dès maintenant.
- Quand est-ce que nous pourrons la voir ? demanda Julie.
- Très bientôt, lorsqu'elle sera réveillée. Nous discuterons plus tard de ce qu'il va maintenant falloir faire pour que son organisme ne rejette pas ce rein. Mais il n'y a pas

d'inquiétude à avoir à la sortie de la greffe car tous les indicateurs sont positifs. C'est la vie de Laelynn qui va changer !

Théo et Julie étaient comme hébétés, tout s'était passé tellement vite. Le matin même, ils ignoraient que la transplantation allait avoir lieu, et en ce début de nuit Madame Martin leur disait déjà que Laelynn allait pouvoir mener une vie ordinaire. Ils avaient du mal à y croire eux-mêmes et étaient surtout impatients d'être autorisés à voir leur fille.

La doctoresse était touchée par le bouleversement de ce jeune couple. Ils étaient comme deux enfants à qui l'on venait d'offrir le plus beau cadeau qui soit. Chaque fois qu'elle réalisait une greffe avec succès, c'était une victoire contre le souvenir de sa sœur décédée d'avoir attendu un don qui ne s'était jamais présenté. Tout comme elle n'oubliait pas que c'était une existence perdue qui avait permis de sauver sa jeune patiente. Mais l'altruisme pouvait être plus fort que la mort, et elle se réjouissait de ressentir la force de ce don qui permettait, non seulement de préserver la vie de Laelynn, mais aussi celle de ses parents et de tous ceux qui l'aimaient et l'aimeraient.

7

L'Agence de la biomédecine enregistrait les données transmises par les équipes de coordinateurs en place sur les différents lieux de transplantation. Les difficultés venaient particulièrement de Tours où le rein semblait s'être dégradé malgré les tests et examens effectués sur l'organe avant son prélèvement. Quinze minutes plus tard, le chirurgien greffeur déclarait effectivement que le greffon reçu était inapte à la transplantation. C'était toujours une décision extrêmement difficile à prononcer et à entendre, mais malgré des expertises rigoureuses et des conditions drastiques de transport, l'altération post-mortem d'un organe pouvait encore ne pas être présumable. C'était ici le cas, et l'Agence de la biomédecine, garante de la qualité des organes prélevés et transplantés, en ordonna la destruction. Il n'était évidemment pas question de pratiquer une intervention qui ne protègerait pas le patient. L'année précédente, c'étaient cent-quatre-vingt-cinq reins prélevés qui n'avaient pu ainsi être transplantés contre trois-mille-cinq-cent-vingt-cinq greffes effectuées. Mais c'était chaque fois une immense déception pour les équipes et pour le receveur qui était déjà entré dans une démarche de reconstruction.

Ce fut bien sûr le cas pour Dominique qui avait été introduit dans le bloc opératoire lorsque son chirurgien dut venir lui annoncer que la transplantation n'aurait pas lieu. Il l'attendait depuis trois ans. Même si chaque patient en attente de greffe était prévenu de l'éventualité de ce que l'on appelait « le faux appel », le vivre était encore une épreuve supplémentaire. Ceci allait signifier pour lui un retour aux dialyses et une réinscription sur la liste des greffes. En espérant surtout que son état n'allait pas s'empirer faute de greffon. « C'est là une grosse claque, je ne vous le cache pas. » avait-il réussi à exprimer au professeur, qui lui-même était tellement déçappointé de ne rien pouvoir faire pour sauver son patient. Dominique n'avait que trente-huit ans et son espérance de vie demeurait faible, car malgré les dialyses, son état se détériorait rapidement.

Les nouvelles qui parvenaient au médecin coordinateur de l'Agence étaient plus positives concernant les autres transplantations. Toutes les greffes étaient en cours. Il fallait compter environ quatre heures pour le pancréas, cinq heures pour les poumons et six heures pour le foie, cette durée variant selon les difficultés rencontrées. C'était dans chaque bloc opératoire la même ambiance, une organisation millimétrée et hautement maîtrisée. La tension cognitive était extrême. Et malgré la température très froide, c'était comme une sorte de flamme qui embrasait la pièce et animait la foi de ces hommes et de ces femmes qui transmettaient la vie en donnant du sens à la mort.

- Je respire ! s'était émerveillée Léa très vite après son réveil, malgré le brouillard anesthésiant dans lequel elle était encore. J'ai envie de crier, je peux ? avait-elle demandé à l'infirmier réanimateur qui venait de l'extuber.

Pour cette jeune fille, dont la mucoviscidose parvenait à un stade terminal, l'émotion était indescriptible. Elle avait aussitôt ressenti la grâce de pouvoir respirer comme elle ne l'avait finalement jamais connue. L'infirmier tentait de l'apaiser car Léa prenait des bouffées d'air beaucoup trop profondes. Le kinésithérapeute qui l'avait suivie dès l'enfance et l'annonce de son diagnostic n'aurait pas été surpris de la voir ainsi tant cette jeune patiente, qui vivait sous oxygène depuis ses quinze ans, avait en elle une rage de vivre absolument incroyable. Elle n'avait que deux ans lors du décès de Grégory Lemarchal mais, sous l'impulsion de ses parents, elle œuvrait à fond pour l'association « vaincre la mucoviscidose » créée par sa famille. Et cette transplantation, dont lui n'avait malheureusement pas pu bénéficier, faute de greffons disponibles, elle se préparait déjà à la crier au monde. Cette première inspiration profonde au réveil c'était une renaissance aussi enivrante que prodigieuse. Et toute l'équipe présente au Plessis Robinson s'en attendrissait.

A l'hôpital Saint Louis du 10ème et à Rennes, Mireille et François récupéraient plus lentement de l'anesthésie mais tant pour l'un que pour l'autre les greffes semblaient s'être correctement déroulées et les médecins transplanteurs en avaient déjà fait retour à l'Agence.

- Merci Docteur, avait exprimé avec ferveur le compagnon de Mireille. Nous comptions tellement sur cette greffe. Vous savez, nous n'osions plus sortir Mireille et moi de peur d'une nouvelle crise.

- Je sais, avait-il répondu. Si tout se passe bien, votre quotidien devrait en être complètement modifié. C'est normalement le début d'une nouvelle vie.
- Merci Docteur, répétait-il avec émotion. Et merci au donneur et à sa famille, ajouta-t-il plus en sourdine.

L'expression d'un sentiment de reconnaissance était toujours un moment fort entre le chirurgien et son patient et ses proches. Il convenait de l'accueillir car il était sincère et nécessaire dans le parcours de vie de ses personnes éprouvées par la maladie, l'angoisse, l'attente et l'espoir. Elles avaient tant à reconstruire et la gratitude faisait partie de la naissance d'une résilience. Pour autant, le corps médical, et tout particulièrement les chirurgiens transplanteurs, opéraient avec beaucoup de modestie. L'aventure de la greffe était avant tout celle de la solidarité, la valeur première du système de santé.

Selon le vœu de François, aucun de ses proches ne fut informé par le médecin du bon déroulement de l'intervention, même si celui-ci bien sûr avait leurs coordonnées en sa possession. François avait clairement spécifié que si tout allait parfaitement, ce serait lui qui annoncerait à sa famille la réalisation de la greffe lorsqu'elle serait effective. François vivait seul, et personne ne s'inquiéterait de son absence au-delà de vingt-quatre heures. Il lui tenait à cœur d'offrir un cadeau abouti à sa maman qui avait tant souffert de cette maladie présente dès sa naissance. Vu comment il reprenait bien conscience en réanimation, sa demande était respectée. C'était un élan nouveau qui se présentait à lui.

Sur les sept greffons qui avaient été prélevés sur le même corps et attribués selon le résultat des scores d'appariements, six avaient ainsi été transplantés, sur cinq receveurs différents.

C'était un autre challenge qui commençait maintenant pour chacun de ces patients car malgré la compatibilité et la réussite chirurgicale, n'importe quel organe transplanté pouvait toujours être rejeté par l'organisme du receveur. Il suffisait que son système immunitaire puisse identifier l'organe greffé comme étant un corps étranger et il se mettrait à l'attaquer, avec plus ou moins d'agressivité, mais allant parfois jusqu'à le détruire totalement. Bien évidemment, les traitements étaient là pour en éviter au maximum le risque mais parmi toutes les complications possibles qui pourraient faire échouer la greffe, celle du rejet demeurait la plus redoutable.

8

- Nous avons tous tellement hâte de te revoir ma petite Laura, disait Joëlle au téléphone. Lucien aussi évidemment. Même si nous comprenons sans problème que Thomas ait opté jusque-là pour la présence de ta mère puis de ton père pour l'accompagner.
- Eh bien, vous allez être la première à apprendre la nouvelle, répondit Laura. Je ne l'ai pas encore dit à Thomas. Le professeur Nicolas est passé il y a un quart d'heure et il m'a informée que j'allais sortir cet après-midi du service protégé pour être admise en chirurgie cardiaque. Les drains vont être retirés avant.
- Mais c'est formidable ! Et nous pourrons maintenant aller te voir ? se réjouit-elle.
- Oui, sauf Lucas qui devra attendre encore. Le risque infectieux existe toujours bien sûr mais il commence à s'estomper car j'ai franchi la phase initiale du traitement contre le rejet.
- Et toi Laura ? Comment vas-tu ?
- De mieux en mieux, même si l'anxiété demeure toujours présente. Le professeur m'a parlé aujourd'hui comme si je n'étais plus quelqu'un de malade. « Votre cœur est en bonne santé maintenant. » m'a-t-il dit. Il a commencé à

évoquer mon retour à une vie normale malgré les médicaments et la surveillance médicale.
- Qu'appelle-t-il une vie normale ?
- Tout ! La reprise du travail dans quelques mois, une activité sportive et tous les projets que nous avons suspendus Thomas et moi. Je devrai fuir les endroits trop surpeuplés, mais tout cela n'est plus à cause de mon cœur mais des infections à éviter.
- Attention Laura, il faudra quand même te ménager !
- Vous savez Joëlle, quand on est passé par la greffe, tout près de la mort, on n'a qu'une envie, c'est de mordre la vie à pleines dents ! Vous n'imaginez pas comme je pense à mon donneur, je crois d'ailleurs que j'y pense trop pour me sentir bien, c'est culpabilisant de vivre grâce à une personne qui n'est plus là... jamais je ne le remercierai assez. Je rends grâce aussi au professeur Nicolas, il a été formidable. Et puis, rassurez-vous, je vais encore rester trois ou quatre semaines ici pour équilibrer le traitement et autant en réadaptation. La surveillance n'est pas terminée !
- Ma chère Laura, nous sommes tellement heureux Lucien et moi. Tu te rends compte qu'il n'y a encore que cinq jours, nous discutions ensemble de tout cela dans ton salon, loin de nous douter que nous étions arrivées au jour J !
- C'est ce qui est difficile en même temps, tout est allé très vite et les émotions partent parfois dans tous les sens. Je monte et je retombe. Il y a un suivi psychologique inclus dans la convalescence et je crois que cela est important. Je

vais vous laisser car un infirmier arrive pour enlever les drains. Je vous embrasse !

Laura faisait partie de ces patients pour lesquels la greffe se déroulait tel qu'on le décrivait dans les prospectus de vulgarisation médicale. La patiente idéale en quelque sorte. Le professeur Nicolas était satisfait, à juste titre. Il ressentait bien la difficulté de l'acceptation psychologique que sa patiente exprimait de manière plus ou moins explicite. Mais cela faisait aussi partie du processus. C'était un lien fantasmagorique que tout receveur ne pouvait s'empêcher de créer avec son donneur, fait de reconnaissance, de dette, de remords. Son collègue psychiatre désignait ce dernier sentiment de « culpabilité du survivant », au même titre que cette sorte de honte qui survient après un attentat ou accident collectif. Il était cependant rassuré pour Laura car si celle-ci était tourmentée à l'idée de vivre au détriment de l'existence d'une personne, il savait qu'elle adoptait malgré tout cet organe sans modifier la représentation qu'elle avait de son corps et de son esprit. Elle apprendrait à vivre avec tous ses questionnements qui n'auraient finalement pas de réponse. Il suffisait d'y consentir. C'était la beauté d'un don, presque surréel tant il était sublime. Et lui-même, en tant que maillon plus technique de cette chaîne, il ne cessait de s'en émerveiller.

Au moment où il pensait à Laura, il aperçut justement Thomas qui arrivait à grands pas. Celui-ci semblait radieux et le professeur Nicolas s'en réjouissait tant il savait que l'affection des proches était indispensable dans le processus de guérison de ses patients.

- Bonjour mon ami, lui dit-il en venant volontairement à sa rencontre. Votre épouse vous a probablement déjà

prévenu qu'elle allait arriver aujourd'hui dans le service de chirurgie cardiaque ?
- Oui, elle me l'a dit et c'est une bonne nouvelle. Cela signifie que tout se passe comme prévu ? s'assura Thomas.
- Parfaitement bien. Nous avons commencé à la sevrer des médicaments qui aident le cœur, et celui-ci n'en souffre pas. Il bat avec énergie et conviction, sourit-il. Elle n'a plus de drains et les voies veineuses sont supprimées. Le cheval de bataille demeure évidemment de garantir toutes les conditions d'efficacité du traitement antirejet. Mais cela, ce sera désormais l'affaire de toute sa vie ! Et votre petit garçon, il vit bien les choses ?
- Ça va visiblement. Il est actuellement beaucoup plus pris en charge par ses grands-parents qu'en temps normal mais je le retrouve tous les soirs. Lucas était préparé à cette étape et du haut de ses cinq ans il n'a pas les mêmes problématiques que nous. Tout pendant que l'organisation de son quotidien lui est soigneusement expliqué, il ne semble pas s'en inquiéter outre mesure.
- C'est très bien tout cela. Il ne faut effectivement pas dramatiser et j'apprécie que vous lui ayez aussi présenté clairement les choses.
- Rappelez-vous, lui dit Thomas, lorsque vous nous avez annoncé la nécessité d'une greffe, vous m'aviez dit à propos de Lucas qu'il fallait lui dire la stricte vérité, sans mensonge, sans faux-fuyant. C'est ce que nous avons essayé de faire.

- Oui, il faut renseigner les enfants sur le don d'organes, ils sont capables de l'entendre. Et surtout, cela les fait grandir en empathie, en générosité. Si les enfants y étaient sensibilisés tout petits, ils en saisiraient l'importance et bien des vies supplémentaires pourraient être sauvées à leur âge adulte. Il y a un travail énorme d'information et d'éducation à faire en France pour diminuer le nombre de refus par toutes ces familles désemparées qui ont peur de ne pas respecter le souhait de leur défunt. Mais excusez-moi, vous, vous êtes venus voir votre épouse et moi je suis cet éternel bavard en prise avec ses convictions et ses impatiences. Bonne journée ! s'exclama-t-il en disparaissant aussi vite du champ de vision de Thomas qu'il n'était apparu.

Thomas ne put s'empêcher de sourire. « Quel brave homme ! » se dit-il. Si l'épreuve de la maladie de Laura était réellement difficile à vivre, elle lui avait permis des rencontres incroyables, comme celle-ci. Et surtout un regard sur la vie tellement plus riche et plus profond. Sa gratitude envers le professeur était immense.

- Coucou c'est moi, chuchota-t-il en pénétrant doucement dans la chambre de Laura.

9

Julie était très inquiète. Cela faisait maintenant cinq jours que Laelynn avait été greffée et l'infirmière lui disait encore aujourd'hui que le nouveau rein n'avait toujours pas commencé à fonctionner. Elle se souvenait qu'à la sortie du bloc la doctoresse leur avait affirmé que toutes les conditions étaient réunies pour qu'il se mette aussitôt en action. Or cinq jours plus tard, il n'en était rien. Un rendez-vous était fixé à 14 heures avec Madame Martin pour faire le point. Heureusement, Théo avait été autorisé à quitter l'établissement pour l'après-midi afin d'être présent lui aussi. Elle se sentait tellement abattue qu'elle avait préféré prétexter des courses à faire pour s'éloigner de la chambre de Laelynn. Elle ne voulait pas lui montrer son angoisse, d'autant plus que la fillette semblait plutôt sereine. Les suites opératoires en tant que telles s'étaient bien passées. Elle s'était plainte à quelques reprises de douleurs au niveau de la plaie mais visiblement modérées et aussitôt jugulées par la délivrance d'antalgiques. Ces quelques journées se déroulaient entre les soins, les dessins animés sur une chaîne de télévision et des activités de coloriage. Aujourd'hui c'était un mini-poster représentant la chambre d'hôpital. Il s'agissait pour l'enfant de prendre ses crayons et de « repeindre le mur » à sa guise. Laelynn s'était à peine souciée de sa maman.

- On appelle cela dans notre jargon médical « une reprise retardée de fonction du greffon » leur expliqua madame Martin aussitôt après avoir fait entrer Théo et Julie dans son bureau à l'heure prévue.
- C'est grave ? l'interrompit Julie.
- Disons plutôt que c'est une complication, répondit-elle en mesurant bien ses mots tant elle ressentait l'anxiété de Julie que Théo lui-même essayait de tempérer en lui posant la main sur le genou. Laissez-moi vous expliquer jusqu'au bout de quoi il s'agit.
- Excusez-nous, balbutia Théo, mais forcément que nous sommes inquiets.
- Je sais et je ne vous le reproche pas. Mais écoutez-moi. La reprise retardée de greffon est relativement fréquente, elle concerne environ 30% des transplantations depuis une personne décédée. Nous avons identifié des données à même d'influencer son apparition et nous pouvons la déterminer par une lésion et un dysfonctionnement spécifiques. Mais pour autant il n'y a pas de traitement propre à les guérir.
- Mais c'est terrible ce que vous nous dites là, s'exclama Julie les larmes plein les yeux. Cela veut dire que Laelynn rejette la greffe ?
- Attention, ne mélangeons pas tout. Il n'y a pas de traitement, mais cela ne signifie pas qu'il n'y a pas de solution. La reprise retardée n'implique pas non plus que son système immunitaire soit en train d'attaquer le greffon. Cela fait maintenant cinq jours que la greffe a été

effectuée. Nous allons attendre demain. Si le rein n'a toujours pas fonctionné nous reprendrons tout d'abord la dialyse.
- La dialyse ! répéta Julie complètement atterrée.
- Oui, nous pourrions y recourir mais cela jusqu'à ce que le nouveau rein se mette à travailler, car bien sûr c'est ce que nous visons. Nous effectuerons également une biopsie du rein pour nous assurer qu'il ne s'agit pas justement d'un rejet aigu. Si ce n'est pas le cas, nous poursuivrons la dialyse jusqu'à la reprise de fonction.
- Et cela arrive ? demanda Théo.
- Bien évidemment ! Un greffon peut mettre plusieurs jours, voire même plusieurs semaines pour démarrer. Cela complique les choses puisqu'il faut réintroduire la dialyse, et ce retard augmente sensiblement le risque de rejet ultérieur, mais c'est sans en faire une fatalité. Ne soyez pas inquiets outre mesure. C'est un contre-temps seulement, qui va nécessairement allonger sa durée d'hospitalisation, mais on ne peut surtout pas dire à ce stade que la greffe n'a pas pris. La plupart du temps, le rein récupère. Si vous n'avez pas d'autres questions, nous allons ensemble l'expliquer à Laelynn.

Et comme souvent lors de ses consultations, Madame Martin eut beaucoup moins de difficultés à faire entendre son diagnostic à l'enfant qu'à ses parents. Laelynn l'a bien laissée lui expliquer avec ses mots que son nouveau rein était paresseux car il ne s'était pas encore mis en route. Alors en attendant, elle allait devoir refaire quelques séances de dialyse.

- Je vais revoir Florent et Maria, dit-elle comme pour compenser. Eux, ils vont peut-être encore attendre longtemps, alors moi, j'ai quand même de la chance, continua-t-elle en souriant.
- Voilà Laelynn, ajouta la doctoresse. Et puis ce rein, on va quand même lui dire de se dépêcher un peu, il ne faut quand même pas qu'il exagère !

C'est avec cette petite malice en tête que Laelynn retourna le lendemain dans le service des dialyses pédiatriques. C'était un après-midi où Florent et Maria étaient là. Elle était toute contente de leur raconter l'aventure de la greffe et Florent particulièrement la questionna dans les moindres détails. Il était tellement pressé que son tour arrive à lui aussi pour se débarrasser de tout cela.

- Maria ne veut plus en entendre parler, confia sa maman à Julie une fois qu'elles furent sorties toutes les deux de la salle. Tu as vu comment elle a réagi lorsque Laelynn racontait la greffe ? Cela ne l'intéressait pas.
- Disons plutôt qu'elle faisait semblant de ne pas s'y intéresser car j'ai remarqué quand même qu'elle prêtait l'oreille, répondit Julie.

Avoir retrouvé les enfants et rencontré la maman de Maria faisait du bien à Julie. Personne ne pouvait mieux la comprendre qu'une autre maman d'enfant dialysé. Il y avait autour d'elles comme une coquille qui les protégeait du reste du monde d'où la maladie de leur enfant les avait finalement exclues. Elle n'avait pas besoin de filtres entre elles et ne cherchaient pas à camoufler leur révolte, leur peine, leur angoisse et ce sentiment de profonde injustice qui les dévastait. Laelynn n'avait que six ans, et cinq jours après sa greffe elle était de retour dans la salle des dialyses.

- Théo, Théo, cria littéralement Julie dans le téléphone quelques minutes seulement après être arrivée à l'hôpital le lendemain matin afin d'accompagner Laelynn à la biopsie.
- Que se passe-t-il ? s'inquiéta celui-ci en sortant aussitôt de sa classe pour répondre à son épouse dans la cour de l'école.
- Lorsque je suis arrivée dans la chambre de Laelynn, Madame Martin était là et tu sais quoi ?
- Vas-y ! s'impatienta Théo complètement abasourdi par la brutalité et l'hystérie de cet appel sur temps de classe.
- Le rein a commencé à fonctionner ! Faiblement bien sûr, mais elle a dit qu'il avait démarré. « Dans trois ou quatre jours, il devrait être définitivement opérationnel. » a-t-elle dit. J'ai eu si peur Théo et je trouvais cela tellement injuste pour notre petite fille…
- « Fleur d'espoir », tu te rappelles ? La signification de Laelynn, c'est « Fleur d'espoir » chuchota Théo comme un sésame.
- « Fleur d'espoir » oui… « Fleur d'espoir » répéta Julie en laissant traîner ses mots.

10

Cela faisait maintenant cinq jours que Mélanie, Luc et Maxence avaient conduit Gaspard en terre, accompagnés de toute leur famille et de nombreux amis. La souffrance était incommensurable. Autour d'eux, chacun était retourné à son travail, à ses activités, la vie reprenait son cours. Mais la leur était figée, tout s'était immobilisé. Et ils savaient que le plus dur était encore à venir, puisque cette absence allait être de plus en plus longue, de plus en plus insoutenable.

Le prêtre qui avait célébré la cérémonie d'Adieu avait mentionné dans son homélie, en accord avec la famille, le don d'organes post mortem de Gaspard. Il avait invité l'assemblée à reconnaître ce véritable acte d'amour et de solidarité, y discernant là une expression de la vie plus forte que la mort, aussi douloureuse que soit celle-ci. Mélanie et Luc avaient été impressionnés par la répercussion de cette décision autour des amis de Gaspard.

- C'est formidable de savoir que même mort il a pu sauver des gens, avait dit l'un d'eux. Gaspard est un héros finalement.
- Il était tellement généreux, avait ajouté une copine, et il aimait tellement la vie ! Ça me réconforte de savoir qu'il a permis de guérir d'autres personnes.

- Il y a aujourd'hui plusieurs familles qui sont heureuses car leur proche a reçu une seconde chance grâce à Gaspard, avait exprimé un garçon de la faculté. Malgré ma souffrance c'est un apaisement.

Maxence se laissait séduire par ces paroles à défaut de s'en nourrir. Rien ne pouvait adoucir la disparition de son frère et encore moins lui donner sens. Celle-ci était trop cruelle pour qu'il parvienne à se réjouir du bonheur de gens qu'ils ne connaissaient même pas. Et quelque part, il leur en voulait de vivre grâce à la mort de Gaspard. Mais malgré cette colère qui le dévorait, cela lui faisait du bien d'entendre ses amis parler ainsi de lui et le considérer comme un géant.

Luc était de son côté beaucoup plus avide de réponses à ses questions. Il aurait aimé savoir qui étaient ces gens qui venaient d'être sauvés grâce à son fils. Cet anonymat finalement le hantait. Et ce qu'il n'aurait osé dire à personne, c'est qu'il se sentait terriblement oppressé à l'idée de croiser peut-être un jour celui ou celle dans lequel battait encore le cœur de Gaspard et de ne pas le reconnaître. Pour autant, il ressentait une sorte d'émerveillement, son fils avait sauvé des vies.

Mélanie était finalement peut-être la plus libérée, ou du moins celle qui avait plus facilement foi en la vertu du don pour élever l'idée de la mort à quelque chose de noble à défaut de l'accepter. Car bien évidemment, elle savait que rien ne justifierait jamais le décès de son fils. Sa douleur de mère était au-delà de tout ce qu'elle n'aurait jamais pu s'imaginer. Il était trop tôt pour spiritualiser cette absence ou lui donner sens autrement, si tant est qu'un jour elle puisse y parvenir, mais il y avait là déjà une sorte d'idéal qui la réconfortait naturellement.

C'est au huitième jour de deuil qu'ils avaient reçu un appel téléphonique de Jérémy, l'infirmier coordinateur qui avait recueilli leur consentement. Celui-ci avait pour mission d'accompagner les familles dans leurs démarches administratives et règlementaires et il avait pour habitude de prendre de leurs nouvelles quelques jours après la fin des rites funéraires. C'était Maxence qui avait répondu à l'appel alors qu'il était chez ses parents. Jérémy n'avait pas oublié ce jeune homme écorché qui avait eu tant de mal à accepter le don du cœur de son frère. Il était heureux que ce soit avec lui qu'il puisse échanger. Les aveux que lui faisait Maxence quant à leur grande difficulté à intégrer ce drame étaient naturellement communs à toutes les familles endeuillées. Mais il percevait malgré tout dans ses propos que le don de Gaspard demeurerait à jamais une grâce magnifique.

- Vous savez que vous pouvez demander combien de ses organes ont pu être transplantés et combien de greffes ont réussi, avait dit Jérémy. Bien évidemment, vous ne pourrez pas savoir qui sont les receveurs, ajouta-t-il.

Ils étaient tous trois ensemble lorsqu'ils apprirent la nouvelle. Gaspard avait sauvé cinq personnes. Seul un rein n'avait pu être transplanté. Ils ne savaient pas s'il s'agissait d'hommes ou de femmes, pas plus que leur âge ou le lieu de chaque greffe. Mais ils savaient l'essentiel. Cinq personnes allaient pouvoir vivre grâce à Gaspard. Et il y avait le don des cornées, elles permettraient à une personne de retrouver la vue et celui des couches d'épiderme qui, elles, serviraient à traiter un ou plusieurs patients souffrant de graves brûlures.

- Vous pouvez nous joindre quand vous le souhaitez pour avoir des nouvelles des personnes greffées, avait ajouté la coordinatrice de l'Agence. Nous sommes là pour cela. Beaucoup de familles ont l'habitude de nous appeler à chaque anniversaire. Merci à votre fils.

Gaspard n'était plus là, il était parti vers d'autres vies. Pierre, son meilleur ami, fut tout autant bouleversé d'apprendre le résultat des greffes par les parents. C'était tout un monde qui s'était écroulé pour lui aussi. L'accident avait eu lieu parce que Gaspard venait lui montrer son nouveau jeu vidéo. Et Pierre tournait en boucle autour de cette culpabilité. Heureusement, il y avait autour de lui toute une équipe de copains et copines avec qui il pouvait échanger. Une bande de jeunes qui, jusqu'à cette tragédie, vivait sans se poser de questions. Et la mort de Gaspard, le don de Gaspard avaient tout changé.

- Pourquoi nous aurions parlé de ça jusqu'à présent alors que nous avons tous moins de vingt-cinq ans ? dit une copine des deux garçons ce soir-là.
- Pourtant, ce n'est pas parce qu'on en parle que ça va nous porter malheur, consentit une autre fille. Et en parler, ça dispense aux proches de devoir décider quand il y a une tragédie.
- J'étais là lorsqu'on a confirmé le consentement à la place de Gaspard, expliqua Pierre. Et si pour vous ça semble évident que jamais Gaspard n'aurait dit non, croyez-moi, ce n'est pas si clair que cela dans un moment aussi déchirant

où l'on veut retenir le corps à tout prix. Et au moment de certifier qu'il n'était pas opposé, le réflexe c'est justement d'en douter, par peur de faire une erreur. Et s'il y a une hésitation alors il n'y a pas de don. Chacun est libre de sa décision mais il faut vraiment en parler autour de soi pendant qu'on est vivant.
- Moi, confia la deuxième fille, j'ai dit hier à mes parents que je souhaitais être donneuse s'il m'arrivait d'être en état de mort cérébrale. C'est grâce à Gaspard car je n'aurais jamais parlé de cela avant.

Cinq personnes, Gaspard avait sauvé cinq vies. Le coordinateur avait donné des bonnes nouvelles des cinq patients. « Ils se rétablissent bien. » avait-il dit. « Seule une personne a dû rentrer chez elle sans être opérée car le rein s'était dégradé. » Et c'était maintenant des jeunes qui se questionnaient et qui faisaient part à leurs proches de leur intention. La communication était décidément le cœur du défi.

Et c'était cette conviction qui portait en ce moment même en Bretagne toute l'équipe de l'association créée par Gabriel. Il y avait de l'activité, de la joie et de la passion dans la vieille remise du jardin. De Brest à Grenoble, il ne restait plus que quelques coureurs à trouver et le maximum d'ambassadeurs pour que partout en France on puisse parler de cette course. De Brest à Grenoble, sous le regard de Versailles, de Paris, de Tours, de Rennes et d'ailleurs.

PARTIE 4

1

Parce que la vie avait appris à Gabriel qu'il ne fallait jamais se décourager, il parvenait au tout dernier mois des préparatifs sans que sa ténacité n'en soit affaiblie. Il avouerait pour autant humblement que l'assiduité de ses amis et la force d'âme que ses différents contacts n'avaient cessé de lui insuffler en étaient le secret. Sans doute ne s'imaginait-il pas, au départ de son projet, la multitude des tâches qui allait en découler. Il lui était bien arrivé de prendre peur certains soirs et d'avoir failli abandonner.

- Relis tes messages Gabriel, va sur ta page Facebook te ressourcer dans les témoignages, rappelle-toi les mots que tu as entendus de tes différents contacts téléphoniques, énumérait son ami et vice-président André. Pars retrouver ton souffle où tu veux mais vas-y ! Et reviens vite, on a besoin de toi ! répétait-il avec conviction.

Alors évidemment, Gabriel retrouvait foi et redoublait d'énergie pour poursuivre la route. Aujourd'hui, il avait justement reçu un message particulièrement émouvant. C'était celui du papa d'une petite Laelynn qui habitait Paris et dont la fillette avait été greffée cinq mois plus tôt à Necker. Il avait découvert l'existence de la course par un flyer qui lui avait été transmis. Sa petite fille dévorait maintenant la vie à pleines dents et son papa était plein de reconnaissance et d'ardeur à parler partout autour de lui de l'importance du don d'organes.

- Laelynn, mon épouse et moi-même aimerions vraiment qu'elle puisse intégrer un petit bout de cette course, avait-il dit. En quelques mois seulement elle a retrouvé une activité physique comme celle des enfants de son âge, c'est formidable. Nous ne l'exposerions qu'à une distance comprise entre cinq-cents mètres et un kilomètre seulement, mais ce serait important pour elle de faire partie du relais.
- Vous êtes la première demande pour une personne mineure, qui plus est très jeune, avait répondu Gabriel. Si vous voulez bien que j'en parle à l'association avant et voir aussi sur quel tronçon nous pourrions l'intégrer. Les mille kilomètres sont maintenant couverts mais nous insérons ainsi les dernières candidatures grâce à un rééquilibrage des distances et des points de relais, d'autant plus que la longueur que vous demandez est petite. Nous avons un logiciel. Vous savez que nous ne passons pas par Paris ? Le plus proche pour vous se situerait entre Tours et Bourges, à moins que vous n'ayez d'autres points de chute ?
- Non. Nous comptons faire la route exprès. La course aura lieu sur les vacances scolaires de la Toussaint. Mon épouse et moi sommes tous deux enseignants. Nous allons attendre bien sûr votre retour mais nous avons déjà envisagé d'organiser un parrainage avec les enfants de la classe de Laelynn.

- Je suis toujours impressionné de sentir la présence d'autant de monde derrière nous, avait avoué Gabriel tout ému.
- C'est parce que vous avez fait un travail de communication incroyable, avait répondu Théo.
- C'est vrai ! Il faut dire aussi qu'à Necker comme ailleurs nous avons reçu un accueil fabuleux. Le don d'organes, que l'on soit donneurs ou familles de donneurs, receveurs, médecins ou autres, dès lors que l'on est amené à s'y arrêter, on ne peut plus se taire !

Cette conviction était son unique motivation. Il lui avait fallu cinq ans entre sa greffe et cette course pour qu'il identifie la manière dont il pourrait se donner pour la défendre. Non pas que ce fut la durée nécessaire à son rétablissement physique, celui-ci ayant été beaucoup plus rapide, mais celle de son acceptation et de sa maturation. Le don lui avait semblé si gigantesque qu'il avait cherché pendant ses deux ou trois premières années comment en être à la hauteur, ressentant parfois une sorte de petitesse qui avait mis son mental à mal. Il avait parfois l'impression, avait-il dit, qu'il se cachait derrière son donneur qui était un héros. Jusqu'à ce qu'il comprenne que la meilleure façon d'en être digne était tout simplement de vivre. Vivre et témoigner. Sans culpabilité, mais avec une infinie tendresse pour celui ou celle qui l'avait sauvé. Et pour les docteurs. Il avait appris à regarder autrement ses cicatrices. Et c'est ainsi qu'était née l'idée de la course, pour en parler, tout simplement.

- Vous pouvez dire que vous avez dépassé votre objectif, avait dit Hugo le jeune journaliste. En parler oui, mais vous

avez su le faire sur des proportions hors normes puisque votre message va traverser la France entière ! Ce n'est pas frustrant pour vous de ne pas être sur tout l'itinéraire ?
- Du tout ! D'une part parce que je ne suis en rien le dirigeant de cette manifestation dont le maître-mot est justement la solidarité, et d'autre part parce que c'est le propre du don d'organes. Différentes vies posées sur une même histoire, dans le secret de l'identité des uns des autres. Ce qui compte c'est le témoin, un bout de bois sur lequel sera gravé le mot VIE et qui sera conduit de Brest à Grenoble en passant de mains en mains, de cœur en cœur.

Hugo n'en avait jamais fini de se laisser porter par les paroles de Gabriel. Il ne cessait de découvrir sa solidité, sa résilience, sa volonté. Gabriel ne se mettait pas en lumière mais rayonnait pourtant de cet amour de la vie qui lui avait été donnée.

A un mois jour pour jour de la course, Hugo avait envie de réaliser un reportage un peu différent de celui qu'il présentait chaque semaine depuis le début de l'aventure. Il était devenu un familier de la remise d'André au fond du jardin, et assis parmi les autres il collectait les informations et interviewait un à un chaque bénévole volontaire pour mieux faire connaître sa personnalité, sa motivation et la valeur de son engagement. Les téléspectateurs avaient ainsi le sentiment d'une immersion régulière dans la bienfaisance de ces gens-là. Hugo se réjouissait de penser avoir pu communiquer un peu de cet altruisme qui lui réchauffait le cœur et réussir à propager, à son humble niveau, le message de l'association.

- Ce serait un peu comme un diaporama qui pourrait s'intituler « Courir pour en parler, c'est quoi ? » avec un tableau par marqueur fait de mini-portraits ou arrêts sur images, avait-il proposé à son rédacteur.
- Qu'est-ce que tu aurais par exemple comme marqueurs ? Histoire que je te comprenne bien, avait-il demandé.
- Par exemple un tableau intitulé « Une équipe médicale spécialisée » en précisant le nombre de médecins, d'infirmiers et de kinés réquisitionnés sur la longueur totale du parcours. Un autre qui se titrerait « Un dispositif de tant de bénévoles signaleurs » en dénombrant évidemment, de Brest jusqu'à Grenoble, toutes ces personnes en charge de la signalisation. Et pourquoi pas en réalisant une séquence portrait de l'un d'eux. Dans un autre domaine « Un outil efficace pour gérer les participants » en présentant l'interface en ligne qui permet de tout centraliser, ou d'autres outils numériques qu'ils utilisent pour construire le parcours à partir de l'IGN. Pourquoi pas même la longueur de rubalises ou le nombre de piquets en bois ? Bref, une sorte de succession de diapositives qui témoigneraient de l'ampleur faramineuse de cette manifestation.
- Tu pourrais aussi faire comme un QCM interactif seulement à partir de nombres, avait suggéré le rédacteur qui se surprenait toujours de ressentir à quel point l'enthousiasme de son jeune journaliste était communicatif. Nombre de communes traversées, nombre de véhicules dans la caravane, de mètres parcourus par le

plus jeune coureur ou le plus ancien, et cetera. La longueur de rubalises et le nombre de piquets en bois comme tu disais, c'est aussi une très bonne idée. Avec trois réponses possibles, ce qui rendrait le téléspectateur plus acteur, quelque chose de dynamique et de ludique. Et bien sûr, la réponse donnée à l'issue du petit reportage.

C'était là le propre de l'émulation. Il n'y avait aucune rivalité entre Hugo et son responsable mais chacun s'enrichissait des idées de l'autre et s'appuyait dessus pour se surpasser toujours davantage et proposer une idée encore plus créative et percutante. L'innovation, qui était la qualité première de cette chaîne, naissait de ce travail d'équipe. Et la couverture de cette course avait été, depuis le début, une source de questionnements intellectuels et spirituels particulièrement propices à cet élan créateur et fédérateur. La sensibilisation au don d'organes témoignait d'une facette de l'humanité dont le souffle était contagieux.

2

- Nous avons trouvé un gîte près de Vichy, cinq-cent-vingts euros la semaine pour nous quatre, nous sommes plutôt contents, dit Maxence à ses parents.

Le projet était né d'une manière véritablement inattendue. Pierre en avait été le principal instigateur, et Maxence presque malgré lui. Depuis la mort de son ami Gaspard, il s'était beaucoup renseigné sur les associations et les diverses manifestations qui avaient lieu en France pour promouvoir le don d'organes.

Pierre avait été bousculé par l'idée qu'en tant qu'infirmier, même libéral, il ne s'était jamais senti interpellé par le sujet. Il en était du don d'organes comme de toutes ces choses dont on se dit que finalement, cela ne nous concerne pas. Mais Gaspard était mort et avait laissé en son ami un héritage constructif. Son amitié lui avait beaucoup apporté et l'impact positif continuait, même après sa disparition. Pierre ne pouvait plus se taire sans avoir le sentiment de trahir la mémoire de Gaspard et la vie des personnes en attente de transplantation.

Il avait peiné, sur ces premiers mois, à trouver un juste équilibre entre le fait de ne plus parler que de cela autour de lui et celui de l'exiler au plus profond de l'interdit. C'était une réponse sociale à l'évènement qui lui était difficile à combiner. Informer sans exiger, témoigner sans revendiquer. Aussi avait-il ressenti le

besoin de se rechercher des lieux de partage sur le net, des forums. Il était ainsi entré en contact avec des proches de personnes disparues et ressentir ces affinités l'avait beaucoup aidé.
- On ne peut pas guérir de son absence mais ça réconforte de savoir qu'il a sauvé quelqu'un, lui avait écrit une maman.
- Cela m'a aidé à croire que la vie continue, avait confié un garçon de son âge à propos de son frère.
- Elle n'est pas tout à fait partie, il y a encore quelque chose d'elle quelque part, disait une autre personne.

Et c'étaient des dizaines et des dizaines de messages et de témoignages qu'il avait reçus de la part des proches de donneurs. Une manière d'affronter la mort qui le réchauffait. Il se souvenait particulièrement d'un grand-père qui avait écrit qu'il faudrait que chaque personne se dise qu'il y avait toujours quelqu'un en attente de greffes et que ce quelqu'un un jour, ça pouvait être soi. Peut-être même était-ce bien ce grand-père qui lui avait donné le petit supplément de détermination qui lui manquait encore. Il y avait, certes, ce désir personnel de donner un sens à la tragédie mais il y avait aussi réellement des gens qui avaient besoin de cette sensibilisation pour être sauvés.

Et au fil de ces navigations sur le net, il était arrivé par hasard sur la page d'organisation d'une course, intitulée « Courir pour en parler ». Cette publication était attrayante avec des liens YouTube sur des reportages de télévision qui en parlaient. C'était une chaîne locale de Bretagne. Pierre s'était laissé aller à visionner tous ces portraits et interviews généralement réalisés dans une vieille bicoque au fond d'un jardin. L'authenticité du lieu n'avait d'égale que la sincérité manifeste de ces gens-là. Cela lui plaisait. Le président de l'association était une personne greffée des deux poumons. Il appréciait de même l'originalité de travail du journaliste qui savait attirer l'attention et l'intérêt du téléspectateur. Le dernier lien était présenté sous forme de questionnaire à choix multiples, trois réponses numériques pour décompter les différents constituants de la course. Certains nombres étaient faramineux. Sur mille kilomètres, c'étaient par exemple onze-mille-cinq-cents piquets de bois plantés par deux-cent-cinquante bénévoles. C'étaient aussi trois-cent-quatre-vingts personnels de santé réquisitionnés, médecins, infirmiers, kinés, et dispersés à différents endroits du parcours pour qu'ils aient chacun un rayon maximal de dix kilomètres à couvrir. L'association cherchait encore à grossir ce nombre pour amoindrir la tâche de chacun et surtout, pour toucher le maximum de personnes. Et la course ne serait effectuée qu'avec des personnes greffées.

- Peut-être que parmi les relayeurs, l'un d'entre eux aura reçu un organe de Gaspard, avait-il dit à Maxence en lui faisant part de cette démarche. Lui qui aimait tant courir !
- Qui sait… Papa aimerait tellement savoir qui sont ses receveurs. Ce n'est pas une question qui me hante et Maman elle, ne souhaiterait pas qu'on le lui dise, avait rebondi celui-ci. Et toi Pierre, tu es infirmier, ça ne te dirait pas de rejoindre un poste de secours ?

La question de Maxence avait été vécue par Pierre comme une véritable exhortation. Lui qui cherchait à trouver comment prolonger le don de Gaspard ! S'engager sur ce parcours lui permettrait non seulement de rencontrer des personnes sensibilisées et motivées mais également de poser un acte fort sur une cause qui lui était devenue chère. Et ce d'autant plus que la course à pied était justement l'activité physique qui l'avait lié à Gaspard. Maxence ne s'était pas rendu compte, sur le moment, à quel point cette hypothèse spontanée l'avait déstabilisé et interpellé.

De retour chez lui, il avait revisionné ce dernier reportage présenté sous forme ludique et interactive. Il s'était rendu compte que sous la vidéo, vue trois-mille-six-cents fois, le journaliste avait rédigé le premier commentaire en témoignant à titre personnel de la joie qu'il ressentait toujours de travailler auprès de l'équipe de Gabriel. C'était un certain Hugo, à en croire son statut ou pseudo. Il serait plus facile de communiquer avec lui que d'entrer directement en contact avec les organisateurs, s'était dit Pierre, pensant que son engagement serait moins sollicité.

Et c'était donc ainsi, seulement une semaine après que Pierre ait échangé avec Hugo, qui l'avait mis ensuite en contact avec Gabriel, que Maxence annonçait à ses parents qu'un gîte était trouvé. Pierre, deux autres amis communs et lui-même se rapprocheraient du poste de secours qui avait été attribué à Pierre sur la commune de Saint-Félix, une toute petite bourgade située au centre sud-est de l'Allier à une quinzaine de kilomètres de leur point de chute. Ils profiteraient de ce voyage pour y passer une semaine, à la découverte de Clermont-Ferrand et des volcans d'Auvergne.

- C'est formidable ce que vous faites là, répondit Luc. Gaspard est toujours parmi nous même s'il nous manque terriblement. Nous parlons de cette course autant que nous le pouvons autour de nous et nous sommes étonnés de voir comment le don d'organes est devenu l'affaire de tout notre entourage. Finalement, bien peu ne savaient, comme nous d'ailleurs, de quoi il s'agissait. Le surveillant du lycée me disait encore hier qu'il croyait que le corps n'était pas rendu à la famille et qu'à cause de cela, il se serait opposé au don.

- Finalement, ajouta Mélanie, par ricochet ce n'est pas cinq vies que Gaspard aura sauvées mais peut-être beaucoup plus...

3

A l'hôpital de la Pitié Salpêtrière, le professeur Nicolas greffait aujourd'hui un cœur sur un jeune homme de vingt-cinq ans atteint d'insuffisance cardiaque majeure qui ne pouvait être résolue autrement que par la transplantation. Et c'était comme à chaque fois une même émotion. Il avait eu justement en rendez-vous ce matin une jeune femme qu'il avait greffée quelques mois plus tôt, Laura. Une jeune graphiste, maman d'un petit Lucas de cinq ans. Elle allait bien médicalement et il en était heureux. Psychologiquement c'était encore difficile, ce qui était le cas d'un grand nombre de ses patients. Elle avait du mal à accepter ce cœur qu'elle ressentait comme un corps étranger.

- Il bat trop vite et trop fort, avait-elle dit ce matin encore. Il m'empêche souvent de dormir tellement j'ai l'impression de l'entendre.

Heureusement le professeur était accoutumé à ce ressenti. La personne greffée mettait parfois plusieurs mois à faire sien ce nouvel organe. Elle avait souvent le sentiment que ce n'étaient pas ses battements qu'elle percevait mais ceux du cœur du donneur, d'où ces sensations étranges. Et alors qu'autour d'elle, tout le monde se congratulait de la pleine réussite de l'opération, elle peinait à accepter ses propres hésitations, et s'en culpabilisait davantage encore. C'était le cas ce matin de Laura.

- Mon mari Thomas, ma famille et belle-famille, c'est comme s'ils étaient en décalage avec moi, avait-elle dit. Ils ne comprennent pas mes moments de blues, toujours affairés qu'ils sont à commémorer et consacrer l'évènement, le donneur, sa famille. Moi aussi, bien sûr, j'ai conscience de ce cadeau qui m'a été offert mais je peine à le sentir battre normalement dans ma poitrine. J'ai l'impression de ne pas avoir une force de caractère suffisante. Sans doute suis-je trop exigeante et que je le voudrais parfait.
- Mais il est parfait Laura, avait répondu le professeur. Tout comme il est normal que vous ayez besoin de temps pour vous l'approprier. La meilleure manière que je connaisse pour y parvenir, c'est la pratique du sport. En dépassant vos limites, vous vous en saisirez et l'éprouverez comme devenant le vôtre. Evidemment, il vous faut pour l'instant y aller encore doucement mais vous pouvez déjà commencer en alternant marche à pied et petites foulées. Commencez par cinq minutes avec des alternances toutes les trente secondes, et vous verrez que vous pourrez facilement parvenir à dix minutes, puis quinze… Et cette réadaptation sera bénéfique aussi sur le plan psychologique.

Comme à chaque fois, le professeur avait pris le temps de l'écoute et du partage. Laura était ressortie de cette entrevue un peu ragaillardie et surtout rassurée. Cet écart entre le temps nécessaire au patient pour intégrer le don qui lui a été fait et celui, beaucoup plus court, qu'il faut à l'entourage pour faire le bilan indiscutablement prodigieux de l'évènement, était fréquent chez ses patients. Le professeur l'avait invitée à se rapprocher de personnes ayant vécu la même épreuve. Il lui avait donné quelques flyers, des associations existantes, des initiatives un peu partout en France. « Courir pour en parler » était une toute jeune association qui s'apprêtait à réaliser pour sa première action une course de grande ampleur à travers la France. Laura se dit qu'une fois de retour chez elle, elle s'y intéresserait.

Le professeur Nicolas entrait maintenant au bloc. Il mit Laura, tous ses autres patients et tout ce qui pouvait interagir dans ses pensées de côté. Une nouvelle vie était entre ses mains. Et il allait tenir tout à l'heure le cœur d'une autre personne, malheureusement décédée, pour le déposer dans la poitrine de son malade afin qu'il continue de battre, pour que la vie reprenne ses droits. Il n'en finissait pas de s'en émerveiller.

La chaîne des prélèvements et greffes d'organes n'était pourtant pas toujours couronnée de réussites. Jérémy, le jeune infirmier de l'une des équipes de coordination des prélèvements regardait au même instant partir tristement la famille d'une jeune fille qui venait d'émettre trop de doutes sur sa volonté de donner ses organes en cas de décès pour que le prélèvement puisse avoir lieu. Comme dans la plupart des cas, elle n'avait pas fait part de son opinion. Evidemment qu'elle ne s'attendait pas, à son âge, à faire un AVC qui allait tellement comprimer son cerveau que la mort encéphalique allait être prononcée. Elle faisait partie de ces neuf situations pour mille qui pouvaient permettre un prélèvement d'organes. Comme elle ne s'était pas inscrite de son vivant sur le registre des refus, Jérémy et l'un de ses collègues avaient pu demander à ses proches de confirmer qu'elle n'avait jamais exprimé son désaccord. Mais ceux-ci, tellement anxieux à l'idée de délivrer une approbation qui aurait pu être contraire à ses souhaits ont tergiversé jusqu'à pressentir des critères d'opposition. C'était malheureusement une situation fréquente. L'appréhension de pouvoir se tromper conduisait souvent à l'expression d'un refus. Et dans ce cas, les équipes ne prélevaient pas puisqu'il y avait un doute sur le consentement présumé de la personne.

- Encore une famille qui s'est opposée par précaution. Elle participera à atteindre cette année encore le score incroyable des 36% de refus que nous avons eu l'année dernière, disait Jérémy à son coéquipier.
- Un prélèvement sur trois est exclu à cause de cela, soupira celui-ci. C'est quand même fou de se dire que 80% des Français sont favorables au don et que l'on en soit encore à un taux de refus pareil parce qu'ils ne font pas connaître leur opinion auprès de leurs proches !

Cela avait été l'occasion d'ailleurs pour Jérémy de montrer à son collègue un flyer qui circulait depuis l'Agence. Une course organisée de Brest à Grenoble pour promouvoir le don d'organes. Il y en avait tellement besoin, il fallait en parler, encore et encore.

A Brest, Gabriel était loin de se douter de l'ampleur que prenait l'évènement. Il savait quels étaient les efforts qu'il avait faits pour diffuser l'information auprès des hôpitaux et des populations locales, mais il demeurait loin de s'imaginer que ses flyers passaient ainsi de mains en mains et que le bouche à oreille fonctionnait si bien.

- Je vous assure Gabriel, lui avait dit Hugo, j'ai atteint en quelques jours des dizaines de milliers de visionnages de

mes reportages sur YouTube. C'est un véritable buzz ! Sans compter tous nos téléspectateurs !
- Si seulement, à chaque personne touchée, c'était un oui au don d'organes qui s'affirmait, espérait malgré lui Gabriel.
- Vous avez déjà fait beaucoup plus que vous ne pensez, répondit Hugo qui savait combien cette rencontre avait modifié son propre parcours.

Et ce n'étaient pas ses amis du foot qui auraient dit le contraire. Depuis cette fameuse soirée au bar où il en avait échangé avec Jonathan et Dimitri, il était fréquent que ces deux derniers reviennent sur le sujet. Dimitri s'était lui-même révélé en confiant à ses amis son engagement dans le don du sang. C'étaient des jeunes qui étaient passés, sous l'impulsion de Gabriel finalement, de l'apparente légèreté de ceux qui ne veulent pas se dévoiler à de véritables réflexions existentielles et spirituelles. Et nul doute que chacun d'entre eux en ressortait grandi.

4

Le grand jour était arrivé. Ces dernières semaines avaient été extrêmement chargées pour Gabriel et son association. Il avait fallu finaliser tous ces petits détails qui feraient la différence, il le savait. La municipalité de Brest avait organisé une petite fête pour le départ de la course. Le podium avait été installé rue des Mouettes au polder de Brest. Gabriel, qui détestait pourtant prendre la parole en public avait préparé un petit texte introductif au départ du relais. C'était Sofia, une femme de trente ans qui devait être la première à partir. Elle avait été choisie pour lancer la course car elle avait reçu une double greffe cœur-poumons, ce qui demeurait déjà un cas moins fréquent. Une hypertension artérielle pulmonaire avait endommagé ses vaisseaux pulmonaires et engendré une telle transplantation.

- Il fut un temps, avait-elle dit à Gabriel, où me lever pour me laver les dents dans la salle de bain à côté était devenu un exploit. J'étais à bout de souffle lorsque j'ai reçu l'appel de l'arrivée des greffons. Maintenant, mis à part les dix-huit comprimés que j'avale chaque jour, principalement pour éviter un rejet qui sera toujours possible, je vis quasiment comme tout le monde.

Sofia avait fait le choix de courir sur trois kilomètres pour sensibiliser les gens sur le don d'organes mais surtout pour remercier son donneur.

- Je ne sais pas qui c'est et heureusement, avait-elle dit. Je m'en voudrais trop par rapport à ses proches. Mais chaque matin, ma première pensée est pour lui. Je ne le remercierai jamais assez !

Il était donc prévu que ce soit elle qui prenne le relais dans ses mains et le conduise du polder jusqu'à la plage du Moulin Blanc où l'attendrait le deuxième coureur, un garçon d'une quarantaine d'années, greffé du foie, qui s'était inscrit sur une longueur de sept kilomètres.

Gabriel avait cru ainsi que tout était anticipé. Le balisage était soigneusement effectué, avec des signaleurs à tous les carrefours pour garantir la sécurité des coureurs et du public. La ville de Brest avait reçu évidemment les demandes d'autorisations pour occuper les voies publiques, et Gabriel était reconnaissant de la solidarité des élus et des employés municipaux.

Mais ce qu'il n'avait pas devancé, c'était la véritable foule qui s'était réunie sur le polder. C'étaient des centaines et des centaines de personnes qui arrivaient pour assister au départ de la course et encourager ces sportifs greffés au message si fort. Les bénévoles de l'association étaient tellement abasourdis que l'un d'entre eux persuadait même les autres qu'un deuxième évènement devait se dérouler à Brest ce même jour pour amener tant de monde. Hugo essayait tant bien que mal de se frayer un passage parmi les spectateurs pour s'approcher de Gabriel et de Sofia.

- Pardon, pardon, disait-il avec sa caméra de reportage. Laissez-moi passer. C'est pour la télé locale de Bretagne !
- Regardez, s'exclamait même un groupe de jeunes, c'est Hugo, celui qui a fait le buzz sur YouTube !

Il ne s'en revenait pas plus que Gabriel de l'impact incroyable qu'avaient eu ces quelques mois de couverture médiatique. Tant et si bien qu'il décida d'interviewer plusieurs personnes pour comprendre comment ils en étaient arrivés là.

- Nous sommes venus de Landerneau pour assister au départ de la course, dit un couple de retraités. Nous avons suivi tous les reportages depuis le départ et nous avons été très touchés par la motivation de ce groupe de personnes. Le don d'organes, on n'y avait jamais trop pensé avant, et grâce à cette course nous avons appris de quoi il s'agissait et nous avons compris combien c'était important. C'est pour cela qu'on est là.
- Je connais un garçon qui est décédé dans un accident et ses parents ont accepté que ses organes soient prélevés. Alors en souvenir de lui, j'ai voulu venir aujourd'hui, dit une fille à côté.
- La fille d'un collègue a été greffée il y a dix ans. Malheureusement elle a fait un rejet des années plus tard et elle n'est plus là aujourd'hui. C'est pour elle que je suis là avec mes enfants, car même si cela n'a pas duré aussi longtemps qu'elle l'espérait, elle a bénéficié, grâce à son donneur, d'un supplément de vie de plusieurs années, c'est précieux, répondit un jeune père de famille.

- Le don d'organes, on n'en parle pas suffisamment alors que c'est la plus belle manifestation de la solidarité entre les gens. On préfère trop souvent parler des guerres et des violences. Mais l'homme est également capable de belles choses, la preuve ! s'extasia une jeune femme. Et c'est grâce aux médecins aussi, il ne faut pas les oublier car ils font un travail extraordinaire. Alors je suis là pour soutenir cette parole d'espérance. Et savoir que ce ne sont que des personnes greffées qui vont courir, c'est une revanche formidable sur la vie !

Hugo n'en finissait pas de collecter toutes ces expressions. Il se rendait compte que les gens n'étaient pas là par hasard, ou par simple curiosité. C'était de la part de chacun un véritable engagement et il s'en sentait encore plus fortifié. Il prenait vraiment conscience de l'importance de sa mission.

Il retrouva enfin Gabriel qui était sur son trente-et-un. Il s'apprêtait à prendre le micro pour donner le coup d'envoi et préciser qu'il y avait sur le podium des tracts informatifs à disposition. Il les avait récupérés auprès de différentes instances nationales. L'effervescence l'étreignait, il n'avait pas prévu de devoir s'exprimer devant une telle foule. Lui, devait courir le lendemain, à une centaine de kilomètres d'ici, un point de ralliement qu'il rejoindrait en voiture. Il n'avait pas voulu jumeler le même jour ces deux moments si chargés en émotion.

« Mesdames et Messieurs, bienvenue à chacune et chacun d'entre vous pour le départ de la course « Courir pour en parler ». Celle-ci va durer douze jours durant laquelle trois-cent-cinquante-deux coureurs très exactement vont se

relayer pour parcourir les mille kilomètres qui séparent Brest de Grenoble. Chaque coureur est un greffé. C'est-à-dire une personne à qui un donneur et ses proches ont accepté d'offrir le cadeau le plus fabuleux qui soit : la vie ! Alors ce challenge sportif et solidaire voudrait participer à faire connaître ce qu'est le don d'organes et de tissus pour que plus personne ne meure encore aujourd'hui faute d'avoir reçu un greffon à temps. Vous pourrez, à ce propos, venir chercher des dépliants informatifs sur le stand d'accueil. Il est aussi une manière, pour chaque greffé, d'exprimer de toutes ses forces et de toutes ses jambes la reconnaissance éternelle qu'il éprouve envers celle ou celui qui lui permet de vivre encore aujourd'hui. Et c'est grâce aux médecins également. Pendant ces douze jours, ce petit bout de bois, que l'on appelle un témoin, va passer de mains en mains pour porter le message de la vie et du don d'organes. Sofia va être notre première sportive, elle a été greffée simultanément du cœur et des poumons. Merci à vous de la soutenir et d'être là ! Le don d'organes, il faut en parler ! On compte sur vous ! »

Et sous des tonnerres d'applaudissements, Sofia s'élança sur le parcours et prit la direction de la plage du Moulin Blanc avec son témoin dans la main. Gabriel était infiniment ému. Il le fut encore plus lorsqu'il vit quelques personnes, puis des dizaines s'élancer spontanément pour la suivre et courir avec elle. Ce n'était plus une jeune greffée qui courait, mais un véritable cortège, une même et unique caravane.

5

Le lendemain, ce fut Gabriel qui accomplit un bout de course. Il avait rejoint la ville de Pontivy dans la soirée du premier jour avec André, son vice-président et ami de la première heure. Ils étaient tellement heureux tous deux de la réussite de leur journée de lancement qu'ils babillaient plus qu'ils ne s'écoutaient. Elle avait été un succès et aucun d'eux ne s'était avant représenté l'impact qu'avait eu le projet sur la population. Ils s'étaient également réjouis que les personnels des postes de secours n'aient pas eu à intervenir sur la première étape. Cette jubilation ne leur faisait pas oublier leurs responsabilités, même s'ils savaient qu'ils avaient pris toutes les dispositions nécessaires pour garantir la sécurité des coureurs et du public.

Gabriel s'était beaucoup entraîné pour parvenir à effectuer les six kilomètres qu'il avait réservés. Cet exercice lui avait d'ailleurs fait un bien fou, autant pour le psychisme que pour le corps. Il avait pris du poids depuis sa transplantation, notamment en raison de la cortisone qu'il avalait en quantité considérable. Et parallèlement, il avait perdu de la masse musculaire. Lui, qui de base, n'était pas un grand sportif avait repoussé au fil des mois la nécessité de reprendre une activité physique plus soutenue. Il avait craint l'instant où il ressentirait ses premiers essoufflements, tant cela lui rappellerait sa maladie d'avant. Il fut surpris de constater que cela n'avait rien eu à voir. C'était là un essoufflement sain et naturel. Loin de cette sorte de suffocation qu'il vivait à l'époque où il devait même avoir recours à un apport d'oxygène supplémentaire. Et ce surpassement qu'il souhaitait atteindre lui avait apporté beaucoup pour sa santé mentale, accroissant ainsi l'estime qu'il avait de lui. C'était un peu comme s'il s'était senti digne de son donneur, et il avait compris en côtoyant tous ces greffés combien cette honorabilité était un besoin obsessionnel pour un receveur.

Une femme d'une quarantaine d'années, greffée d'un rein, lui tendit le témoin. Elle était resplendissante. Gabriel le saisit avec une émotion tout juste contrôlée et entama son bout de course. Son rythme était régulier et plutôt tranquille. Il ne cherchait pas la performance athlétique, c'était d'ailleurs le propre de cette course qui n'était pas chronométrée. Il fallait la vivre, c'était le maître-mot. Il ressentait avec une joie intense la présence de dizaines de personnes sur son parcours et eut la surprise d'apercevoir sa mère et ses frères parmi les spectateurs. Ils lui avaient réservé ce petit cadeau. Hugo était là aussi, prêt à l'interviewer dès qu'il aurait retrouvé son souffle après avoir transmis le témoin au coureur suivant.

- Mon bonheur est inouï, dit-il face à la caméra. Je me sens un peu comme au réveil lors de la greffe. L'apaisement immense de pouvoir respirer et la même ivresse de me sentir vivre. Une pensée très forte pour mon donneur, je l'embrasse et qu'on n'oublie jamais de parler du don d'organes ! Et merci Docteur pour tout ce que vous avez fait pour moi !

Dans son appartement parisien, Laura sentait une larme couler sur sa joue en écoutant en direct cet homme parler ainsi. Après qu'elle eut découvert le flyer que lui avait transmis le professeur Nicolas, elle avait suivi l'évènement sur la chaîne télé de la TNT. Et elle n'avait pas mis longtemps pour s'attacher à ce Gabriel, un homme qu'elle estimait avoir une cinquantaine d'années et double greffé des poumons. Il avait su dire en quelques mots tout ce qu'elle ressentait et qu'elle peinait encore à exprimer. Ce mélange d'exaltation dans l'omniprésence d'une sorte de dette envers ce donneur qui prenait en elle tant de place. Et ce devoir qu'elle ressentait aussi d'en témoigner. C'était tout cela l'aventure de la transplantation. Elle se souvenait avoir entendu dans l'un des reportages que cela faisait maintenant cinq ans pour Gabriel. « Le jour de ma deuxième naissance. » avait-il dit. Elle, il n'y avait que quelques mois. Elle se devait d'être indulgente, mais pour elle, qui avait toujours fait preuve d'un tempérament affirmé, cette bienveillance envers ses propres lenteurs était difficile à apprendre.

- J'aurais aimé assister à cette course, dit-elle à Thomas le soir. Etre là juste pour les applaudir et les encourager. Cela aurait été trop tôt de toute façon de courir pour moi.
- Ecoute Laura, qu'est-ce qui nous empêche ? Elle n'est pas terminée. Lucas est en vacances, je peux m'absenter quelques jours du travail, pourquoi n'y irions-nous pas ?

Thomas pressentait combien il devenait important pour son épouse de parler de la greffe et de rencontrer d'autres personnes dans sa situation. L'évènement n'avait pas été pour elle qu'un seul accident de santé et la transplantation qu'une simple procédure thérapeutique. C'était bien plus que cela, l'expérimentation d'une générosité et d'une proximité humaine qui n'avaient cessé de bousculer ses repères individuels. Sans parler de la mort qu'elle avait frôlée. Laura se sentait tellement différente aujourd'hui. A la fois grandie et terriblement fragilisée dans ses certitudes et ses facilités.

Lucas accueillit le projet avec plaisir bien sûr. Partir en vacances avec ses parents était toujours une aubaine. Ils décidèrent de partir en direction de Lyon, une ville où résidait un oncle de Thomas. Ce serait aussi l'occasion de leur rendre visite.

La course était arrivée à Chateaubriant, au nord de la Loire Atlantique. C'était la fin de sa deuxième étape. Gabriel était déjà reparti vers Brest, d'où il suivrait maintenant les évènements grâce aux reportages de Hugo qui lui, poursuivrait la route jusqu'au bout. Il était important pour Gabriel de laisser vivre le relais sans lui. Il savait qu'il pouvait faire confiance à l'engagement et à l'intégrité de toutes les équipes de bénévoles qu'il avait mandatées sur place. C'était le principe du don d'organes. Une grande histoire de solidarité. Et sa décision avait valeur d'exemplarité.

- Le don d'organes est le geste altruiste par excellence, avait-il dit face à la caméra de Hugo. C'est-à-dire qu'il est indépendant de tous bénéfices personnels. L'anonymat en est un des fondements. J'ai été, c'est vrai, l'initiateur de cette course, et ce parce qu'une personne avant moi m'a donné bien davantage que je ne saurai jamais l'exprimer. Il n'y aurait en moi de quelconque réciprocité possible. Alors m'effacer maintenant à mon tour est le moins que je puisse faire. J'ai ressenti du plaisir en donnant de mon temps. Ma joie sera bien plus intense encore lorsque je verrai, dans les jours à venir, que les équipes de bénévoles accompliront la suite. C'est cela un relais !

Hugo avait été peiné de le quitter là car son travail à lui continuait. Il devait poursuivre la couverture médiatique de l'évènement jusqu'à son arrivée sur le site emblématique de la Bastille à Grenoble. Il s'éloigna de celui qui était devenu un véritable ami, en pensant à tout le chemin intérieur qu'il avait parcouru à ses côtés. Il n'avait pas oublié qu'il se voyait, au départ, déstabilisé, voire contrarié, à l'idée de devoir couvrir une telle aventure. « Parler de la mort. » s'était-il dit, cela l'effrayait. Il l'avait même vécu dans la crainte d'une sorte de malédiction. Et combien il se rendait compte maintenant que c'était la vie que Gabriel avait portée si haut, et que le don d'organes sublimait le vivant. Sa réflexion avait pris une autre dimension. Il se sentait connecté de manière beaucoup plus profonde avec l'existence et le sens que chacun pouvait lui donner, un trait d'union que cette rencontre et toutes les autres avaient nourri. Il s'était auparavant déjà perdu sur le terrain de pensée de la maladie, particulièrement lors du cancer qui avait emporté son père. Par la force des choses, cela avait été pour se morfondre dans l'idée que le corps était véritablement une machine hasardeuse bien imparfaite. Au-delà de l'idée de générosité et de solidarité, son entrée dans le monde de la transplantation transformait aussi son regard sur la conception même de ce corps et de sa complexité. Se pourrait-il qu'au-delà d'un simple "outil" permettant à chacun d'accomplir son projet, il serait un enfantement fabuleux dont l'essence échappe encore à l'entendement humain ? Et qui serait fondamental au dessein pour lequel il a été conçu d'une manière si déconcertante ? C'était là tout un champ de réflexion, voire même une nouvelle spiritualité, qui pourraient s'ouvrir devant lui. Preuve était en tous les cas aujourd'hui que l'empreinte que laisserait Gabriel sur sa vie était appelée à durer et à exister. Hugo était profondément reconnaissant envers lui pour tout cela.

6

Ce tronçon d'étape était particulièrement émouvant aujourd'hui à Châteauroux. Il s'agissait d'une petite fille de six ans, greffée du rein, la plus jeune coureuse. Elle devait parcourir la bande cyclable située entre le rond- point du 19 mars 1962 et l'intersection des boulevards de Cluis et Bryas. Hugo avait eu la chance de pouvoir l'interviewer quelques minutes avant son départ.

- Je m'appelle Laelynn, avait-elle dit en réponse à sa question.
- Et pourquoi cours-tu Laelynn ? avait demandé Hugo.
- Je cours pour montrer aux gens que l'on peut vivre normalement grâce à un don d'organe. Avant je faisais des dialyses plusieurs fois par semaine et maintenant que je suis greffée je n'en ai plus besoin. Je peux aller à l'école comme tous les enfants de mon âge.
- Et tu penses particulièrement à quelqu'un avant de commencer à courir ? avait ajouté Hugo.
- A Papa, à Maman, à toute ma famille mais aussi à Florent. C'est un garçon qui n'a toujours pas eu de greffe et avec qui je faisais mes dialyses.
- Donc Florent fait toujours des dialyses, lui ?

- Oui. Nous étions trois au début. Maria, Florent et moi. Maria a été greffée après moi mais Florent attend toujours.
- Si Florent nous écoute, on lui fait plein de gros bisous alors ! dit Hugo face à la caméra. Mais attention Laelynn, je crois bien voir au loin le témoin arriver ! Prépare-toi !

Et c'est un homme d'une soixantaine d'années qui arriva en courant pour passer le relais à Laelynn. La petite fille était tellement émouvante avec sa tenue toute en rose et son sourire rayonnant. Ses parents, Théo et Julie, se tenaient à ses côtés accompagnés des grands-parents.

- Allez Laelynn, on est tous avec toi ! ne put s'empêcher de lui crier sa grand-mère maternelle, pendant que son grand-père immortalisait la scène à l'aide de son appareil photo.

Ils étaient nombreux avec elle effectivement, qu'ils soient présents ou non. Car même s'ils n'avaient pu faire le voyage, c'étaient tous ses camarades d'école qui soutenaient Laelynn et l'avaient parrainée au profit de l'association. Ils n'avaient jamais oublié le moment où son Papa était venu la chercher en pleine classe parce qu'un rein était arrivé. Ils se souvenaient de leur inquiétude durant la première semaine où la maîtresse disait que le rein n'avait pas encore démarré. C'était la précédente année scolaire mais la plupart étaient restés dans sa classe. Et pour ces enfants, parler du don d'organes c'était devenu quelque chose de naturel. Ils n'étaient pas bridés par l'interdit comme l'avaient craint leurs parents. Et à Necker, dans le service du Docteur Martin, tout le monde était aussi aux aguets de la prochaine intervention sur la TNT. Laelynn était devenue véritablement la petite mascotte du service.

Et elle fut à la hauteur puisqu'elle parvint à effectuer son tronçon sans même ralentir, poussée qu'elle était par les encouragements du public. Elle était rayonnante lorsqu'elle passa le témoin au coureur suivant, et ses parents tout autant. L'expérience humaine était pour chacun d'une intensité incroyable. « Si seulement la famille du donneur pouvait voir ce sourire. » murmura Julie à Théo qui lui souffla y penser au même instant.

Gabriel, lui, le voyait en tous les cas. Et il n'avait pas oublié l'appel de ce papa qui souhaitait tant que sa petite fille puisse participer. Il l'avait particulièrement touché car il faisait partie de ces gens sans artifice qui se sentaient le cœur pétri de reconnaissance.

Et c'est ainsi que de jour en jour, de kilomètres en kilomètres la course poursuivait son avancée. Que ce soient les coureurs, les bénévoles ou les spectateurs, chacun avait sa raison d'être là. C'était le cas de Pierre arrivé ce matin à Saint-Félix. Il avait laissé Maxence et leurs deux copains se positionner sur le parcours et s'était présenté à la personne responsable du poste.

- Je m'appelle Pierre, avait-il dit et je suis infirmier nommé sur cette étape.
- Bienvenue Pierre, avait aussitôt répondu Michel, un médecin urgentiste qui s'était libéré de sa journée de travail pour être présent sur le parcours. Nous sommes trois sur le poste, il y a aussi Olivier, un kiné qui ne va pas tarder à arriver.

Pierre, Michel et Olivier avaient rapidement fait équipe. Ils n'avaient heureusement pas eu à intervenir sur les dix kilomètres qu'ils avaient à couvrir, aucun incident n'étant venu gâcher la fête. Ils avaient par contre créé un lien spontané que Pierre avait été heureux de partager avec ses amis le soir.

- La sœur de Michel est décédée il y a une vingtaine d'années d'une fibrose pulmonaire, la même maladie que celle dont a souffert l'organisateur de la course. Il n'y a pas eu de greffons à temps pour la sauver. Michel dit que sa vocation de médecin est née de cela et il se mobilise pour le don d'organes dès qu'il y a une occasion. Olivier, le kiné, a reçu deux greffes du rein. La première n'avait pas fonctionné, il avait dû revenir aux dialyses et la deuxième remplit son rôle depuis cinq ans maintenant.
- Tu leur as parlé de Gaspard ? demanda Maxence, tellement désireux que le souvenir et le don de son frère puissent être présents jusqu'ici.
- Oui bien sûr. Je leur ai dit que l'Agence vous avait affirmé que cinq vies avaient pu être sauvées grâce à lui, et tous deux ont exprimé leur sympathie et leur gratitude. Ça m'a fait chaud au cœur ! Et j'imaginais, en voyant les différents coureurs de cette journée, que Gaspard vivait peut-être en l'un d'eux.
- Mieux vaut ne pas savoir, répondit Maxence.
- Oui, c'est un principe éthique qui prévient de toutes les dérives éventuelles. Si je savais quelle est la personne qui a, par exemple, les poumons de Gaspard, j'aurais l'impression de la prendre pour lui, ou du moins de vouloir les comparer sans cesse.

- Et puis Gaspard est mort, ajouta Maxence. Connaître l'identité du receveur m'empêcherait de faire mon deuil, je le saurais encore quelque part, alors que ce n'est pas lui mais l'un de ses organes seulement. Ce n'est que maintenant que je parviens à me dire cela. L'anonymat du don protège notre deuil aussi.
- Oui, et on en a parlé également avec Olivier le kiné. Il disait que de son côté l'anonymat lui permettait de prendre une certaine distance affective par rapport à son greffon.

Pierre, Maxence et leurs deux amis rendaient compte malgré eux de l'incommensurable et universel questionnement que représenteraient toujours le prélèvement et la transplantation d'organes et de tissus sur personnes décédées. Le cadeau était énorme, et l'était tellement qu'il dépassait la capacité même de l'homme à le normaliser dans des proportions purement rationnelles. C'était probablement ce qui en faisait sa grandeur et sa noblesse.

Et ce n'était pas Laura, sur les hauteurs de Lyon, qui aurait dit le contraire. Avec Thomas son mari et Lucas leur fils, elle applaudissait, les yeux noyés de larmes, la jeune fille en charge du témoin qui passait devant elle. C'était pour Laura comme si elle voyait une de ses pairs bien qu'elle n'en connaisse son histoire. Le témoin était parti de Brest, il arrivait à Lyon de mains en mains, l'histoire lui paraissait incroyable. Elle essayait de lâcher prise sur ses multiples questionnements afin de se laisser porter par cet immense cri d'amour et d'appel à la solidarité. « Un lien qui nous unit tous. » avait écrit un supporter sur sa pancarte, reprenant l'un des slogans de l'Agence de la biomédecine. Elle passa les mains dans les cheveux de Lucas qui se tenait devant elle, comme pour se décharger d'un trop plein d'émotion.

EPILOGUE

C'était un jeune homme de dix-huit ans qui avait été en charge de déposer le témoin au pied du Fort de la Bastille de Grenoble. Ils étaient trois jeunes à s'être succédés sur la route goudronnée si particulière que celle qui conduisait au Fort. Il s'agissait effectivement d'une des routes les plus abruptes de France avec une dénivellation exceptionnelle de deux-cent-soixante-et-un mètres sur mille-neuf-cents mètres de longueur. C'était une réelle montagne à l'entrée de la ville qui avait été choisie par Gabriel et ses amis pour son symbolisme si fort d'avec l'ascension et l'élévation que représentaient le don et la transplantation d'organes et de tissus.

Laelynn et sa famille avaient fait le choix de poursuivre le voyage pour être présents à l'arrivée. Ils avaient embarqué dans les célèbres « Bulles », ces téléphériques qui les avaient conduits en quelques minutes du centre de Grenoble au Fort. L'expérience était exceptionnelle et le panorama tout aussi époustouflant. En haut du Fort, un festival de musique avait été organisé pour que l'arrivée du témoin soit une véritable fête.

- Jordan, vous êtes le dernier coureur, avait dit Hugo qui était parvenu à l'approcher pour l'interviewer quelques

minutes après son arrivée. C'est une grande fierté et beaucoup d'émotions j'imagine ?
- Oh oui alors, je me rends compte que je vis quelque chose d'extraordinaire, avait-il répondu. C'est comme une explosion d'un millier de sensations physiques et psychologiques. Tout ce bonheur, cette excitation, je suis allé les chercher à la force de mes mollets mais surtout de mon cœur qui vit en moi depuis maintenant quatre années. J'ai une chance incroyable, et comme je sais qu'il y a parmi nous des proches de donneurs, je tiens à les remercier infiniment. C'est fabuleux ce qu'ils ont fait. Les docteurs également. Le don d'organes il faut en parler, en parler encore et bien après que la course soit finie !

Il y avait là des centaines de personnes qui l'applaudissaient et chacune savait pourquoi elle était là, avec ses souvenirs, ses épreuves, ses joies et ses consolations. Maxence et ses amis étaient venus aussi pour fêter l'arrivée, le cœur plein du souvenir de Gaspard. Laelynn et Maxence, des vies si intimement liées qui se croisaient ici, sans qu'aucun d'entre eux ne sache élucider le mystère des arabesques que leurs pieds laissaient sur le sol. C'était ce qui faisait la beauté du don : le consentement, la gratuité, l'anonymat. Laura, Laelynn, Gaspard, ils avaient tous été là à un moment du parcours. Maxence venait de téléphoner à ses parents, il en avait soudain éprouvé le besoin, et c'était Mélanie, sa maman, qui avait répondu. « C'est formidable tous ces gens. Gaspard n'est pas mort en vain. » lui avait-il promis.

A Brest, Gabriel était profondément ému en regardant et écoutant parler ce dernier coureur greffé que chacun maintenant semblait féliciter d'un mot personnel. La montée de la Bastille n'était pas accessible à tout le monde, il l'avait faite, c'était un beau témoignage pour magnifier ces mille kilomètres. C'était ainsi neuf mois de travail qui s'achevaient pour Gabriel, neuf mois durant lesquels il s'était laissé émerveiller par la motivation et l'engagement des personnes rencontrées, les joies et les peines partagées, les confidences reçues et les liens tissés comme avec Hugo, ce jeune journaliste.

Son carnet de notes s'était particulièrement rempli durant ces mois. Maintenant que la course était finie, il se promettait d'écrire cette lettre de reconnaissance à la famille de son donneur. Depuis cinq ans qu'il collectionnait ses pensées, il se sentait enfin prêt. Il avait compris dans le regard si pur de ce jeune coureur que la sincérité n'avait d'égale que la simplicité. Il allait garder précieusement tous ses écrits et aligner juste quelques mots sur papier libre qu'il transmettrait à l'antenne correspondante de l'Agence de la biomédecine. Il ne devait laisser aucun signe qui permettrait de l'identifier, ni le lieu ni la date de la greffe, et il savait que l'Agence l'anonymiserait avant de la faire suivre à l'équipe de coordination de prélèvement. Il espérait que cette famille avait fait savoir qu'elle était bien disposée à recevoir une éventuelle lettre d'un ou des receveurs.

« J'ai mis plusieurs années avant de savoir comment vous écrire et j'accepte maintenant de me dire que le mot suffisamment grand n'existe pas, il faut que j'arrête de le chercher. J'ai reçu deux poumons grâce à votre générosité

exceptionnelle et au savoir-faire des médecins. Je veux juste vous promettre que j'en prends soin. Chaque jour, je pense à vous et à cette personne que vous avez aimée et qui doit tant vous manquer. Je vais bien aujourd'hui et je vous remercie du fond du cœur. »

C'était si peu, mais il ne pouvait faire mieux. Il se sentait cependant heureux d'être parvenu à concrétiser cet acte de gratitude, comme un geste posé sur un ideal à jamais impalpable.

Pour tout contact
   mail : sylvietouam@yahoo.fr
   facebook : sylvie.touam.7